點子出版
IDEA PUBLICATION

# 序

　　眨眼又一年，差唔多一年一本嘅診所低能奇觀已經去到第五集。即係我又老咗幾歲，大家都係。呢一年嘅我轉咗幾間診所，直到而家仍然未搵到一間可以安心做落腳點嘅好診所。由十八歲做到而家，大大小小普通科專科診所都做過，街坊屋村診所名人貴場診所亦做過，見嘅人由不足一個月至九十幾歲都有。你問我對呢行厭未？又真係未喎。就算我搵工，都仍然係繼續搵返診所嚟做，一嚟做慣咗，二嚟我真係好鍾意診所。每日見唔同嘅人，每個病人都有唔同嘅要求唔同嘅需要，有啲病人好啲，有啲衰啲，有啲可愛啲，每一個病人都喺度充實緊我人生，為我人生增加各種不同嘅應對經驗。

　　我成日都話返工嘅嘢，開心又係咁過，唔開心又係咁過。人生都係呀！可以嘅，咪試下開心咁過囉。做前線嘅固然有好多氣受，好多無理取鬧，但係呢啲都係過眼雲煙，搵個方法放低同發洩咗佢，轉個頭又一條好漢啦！

　　我依然繼續用我嘅小故事去放低去發洩，你呢？

珍寶豬

# 診所低能奇觀 5

## FUNNY ✚ CLINIC

| case | #1-30 |
|---|---|

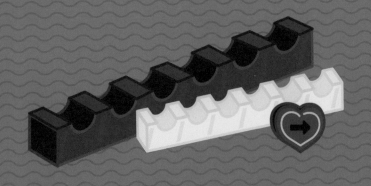

# CONTENTS

# 診所低能奇觀 5

## FUNNY + CLINIC

| case | |
|---|---|
| | #61-90 |

# CONTENTS

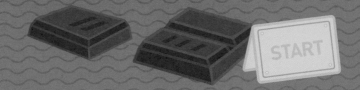

| case | symptom | 醞釀姐 |
|------|---------|--------|
| #1 | remark | |

✎  有日，有位小姐嚟到診所。

佢行埋嚟到登記處問：醫生係咪咩都睇呀？

我：係呀，不過有需要嘅都會轉介去專科～

佢：關於腸道嘅佢睇唔睇呀？

我：一係我同你登記咗先，你見醫生嗰時再同佢講你嘅情況呀～

佢：我唔知佢肯唔肯睇我⋯⋯

我一啲都唔趕客：畀醫生睇咗先囉～

佢：你肯定佢 OK 吖嘛？係嘅就等等我，我得嗰陣再入去呀。

我：嗯？你幾點 OK 呀？因為而家入面冇人呀，可以即刻入去睇～

佢：我未得呀，我要釀下佢先⋯⋯

煎釀三寶呀？

我：釀咩呀？

佢：腸道嘢嘛。

我好遲鈍：即係咩呀？

佢覺得我係玩佢：姑娘，畫公仔唔使畫出腸嗎？氣呀，屁呀！

恍然大悟的我！啊！咁你谷屁嚟做咩呀？啊！你唔係想喺診所內

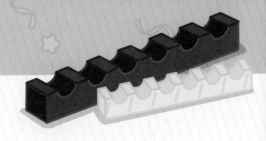

放毒氣呀嘛？

我：Er……小姐你……想喺度放屁呀？

佢反白眼：我唔畀佢聞，佢點知我有咩問題呀？我係覺得味道好難聞先要嚟睇咋嘛！

醫生，Are you ready？我會喺外面幫你打氣喋！😷 3.6K

| case | symptom | 正確服藥大法 |
|------|---------|------------|
| #2 | remark | |

有日電話響起～

我：你好，乜乜診所。

佢：喂？我好唔舒服呀！

我：你過唔過到嚟睇醫生呀？

佢：我今朝睇咗㗎喇。

我：食完藥都仲係好唔舒服？你畀你個覆診卡號碼或者身份證號碼我呀～

佢：XXXXX。

我望望排版：你食完藥都仲有嘔屎呀？

佢：係呀，冇停過。

我：你而家應該食咗兩次係咪？有冇嘔返出嚟呀？我今朝同你講過食咗止嘔藥先，食完半個鐘先食其他藥，你仲有冇嘔呀？

佢：我就係知自己會嘔，所以我冇食呀。

我：咁你冇食藥呀？

佢：有呀。

點呀你～一時有，一時冇，之後又話有，你揀定方向未呀？

我：頭先又話冇食嘅？即係你有食藥呀？如果你嘔返出嚟，見到粒藥完整喺度嘅就再食過啦，真係好唔舒服嘅，睇下有冇屋企人陪你嚟見多次醫生呀，或者換一換藥畀你呀～

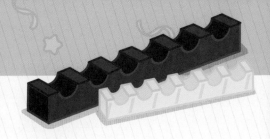

佢：我沖咗廁睇唔到有冇藥呀。

我：睇唔到就當喺胃度溶咗㗎喇～你唔好自己再食喇，隔返四個鐘先再食啦。

佢：我一擺完入去冇耐就即刻要去廁所喇，都止唔到屎！

我：擺咩呀？

佢：我真係吞唔落，我擺咗入肛門度，好快又屙，都冇效嘅！

止屙藥唔係甘油條⋯⋯

我：幾辛苦都好，你都要吞咗粒藥先有效，佢係口服藥⋯⋯用其他地方食效果係唔顯著，你而家去食咗粒止嘔先，之後再食止屙，用少少暖水吞咗佢⋯⋯

唔好同我講嗰個都係口！打到你鼻屎都飛出嚟㗎！

佢：會唔會冇效㗎又？

我：點都有效過你錯誤服用⋯⋯

佢：好啦，我試下啦，我覺得啲藥冇咩效就真⋯⋯

嘟。

記住係上面嗰個口，唔係下面嗰個口⋯⋯  4K

| case | symptom | 姑娘唔搞笑 |
|------|---------|-----------|
| #3 | remark | |

有日一位男士嚟到診所。

佢：姑娘，我想問你哋呢度係咪有醫生睇？

係呀，我哋呢度診所嚟呀，係咪好有驚喜呀？

我：係呀，睇醫生嘅麻煩你畀身份證我登記吖。
佢：唔係呀，我問下㗎咋。
我：哦。

咁問完啦嘛？擰轉身，行出門口謝謝～

佢：我仲想問你哋個醫生睇啲咩㗎？
我：傷風感冒咳都 OK 㗎。
佢：仲有冇其他嘢睇呀？
我：你想睇啲咩呀？
佢：我問下㗎咋。

你嚟做家訪嗎？

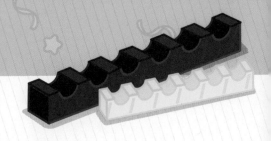

我：仲有皮膚呀身體檢查嗰啲啦。

佢：哦，原來有呢啲。

我：嗯～

佢：咁你哋洗唔洗傷口㗎？

我：你有傷口定係又係問下㗎咋？

佢：啊，姑娘你真係搞笑，我問下啫～

我好正經：我唔搞笑㗎喎，呢度係畀人睇醫生嘅，你係咪要睇醫生呀？

佢自說自笑：唔搞邊有得笑，唔問邊會有人睇呀，係咪呀係咪呀？

我：咁你而家係咪睇醫生呀？

佢：我問下咋嘛，問定冇蝕底吖嘛！


我冇理佢，低頭做我啲文書嘢。


佢：阿姑娘呀？

我：咩事呀？

佢：你哋醫生開唔開證明㗎？

我：乜嘢證明呢？

佢：你哋專業嘅，我邊會知係咩證明喎，你哋寫開啲咩證明多呀？

我：證明你有病嗰啲？

佢：你真係搞笑，我都冇病～

咁你問完未呀？我拎咗八十分未呀？我唔需要一百分㗎喇，留返廿分畀我進步下吖，多謝你。

我：請問你仲有冇其他問題？如果冇嘅，我可唔可以做嘢呢？我成棟文書嘢等緊我入電腦呀。

佢：你咁忙出聲吖嘛，我以為你坐喺度好得閒咋，怕你悶先嚟傾下偈。

喂，唔該晒呀，你真係好L貼心㗎啫。

我笑笑之後低頭做嘢，佢就冇癮地離開了。

如果我開條173173熱線逐秒收費，我應該發咗達～正呀喂！

 3.3K

有日有兩位小姐孖住登記睇醫生～

佢哋一坐低就喺度停不了的講人是非，內容其實都可以唔講出嚟，因為都係離不開其中一位點數落自己一位講到好情同姐妹嘅女性朋友……

講到興起嘅時候，我嗌其中一位小姐：小姐，可以入去喇。

A 小姐就同 B 小姐講：轉頭再講！我好多嘢要話你知呀！好多料爆！

等到 A 小姐出嚟之後，佢哋又傾咗陣。

之後我又嗌 B 小姐：小姐，可以入去喇。

A 小姐就標童了，向我大喝：你見唔到我哋傾緊偈㗎咩？

我：我見到，不過都要睇醫生㗎？

A 小姐：我下下講到興起就俾你打斷晒！你等下唔得㗎咩？

我：睇完醫生先再傾啦，一係你哋傾完先再嚟登記啦？

A 小姐：你等我哋傾完偈先得唔得呀？如果我講緊啲重要嘢嘅，你知唔知咁樣係好唔啱㗎？

不過你只係講緊人是非喎，重要在哪啊？

我：B 小姐，咁你而家仲睇唔睇醫生？如果你唔睇住嘅，我同你取消咗先。你哋傾完先再返嚟排隊啦。

B 小姐急急腳行入醫生房：睇呀睇呀～咩唔睇呀？

A 小姐就衝埋嚟我度：你咁冇品㗎？

係啊，我好冇品嘅。最冇品嗰個一定係你啦。

我冇出聲。

佢繼續企喺度話我：你啲格真係衰到不得之了！我未見過有人衰到咁㗎！

咁肯定係因為你平時冇照鏡啦。

佢再繼續：喂！你出唔出聲㗎？我話緊你呀！

我：你要講可以繼續講嘅，我唔會打斷你㗎喇，你慢慢啦。

佢：你個格真係衰到好冇品囉！

面對住一位自以為自己好有品嘅小姐，雖然我一向都認我冇品，不過我選擇繼續唔出聲。

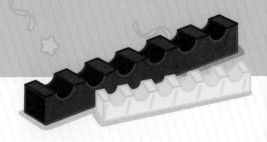

佢自己抓到冇癮就收嗲了。有啲人係咁㗎喇，係鍾意自己自我膨脹發大嚟講，你越畀反應佢，佢就越講得高興……所以最好嘅解決方法就係唔使理佢～  4.1K

佢真係好冇品囉！

咪係囉正八婆！

| case | symptom | 洗腸 |
|------|---------|------|
| #5 | remark | |

✐ 電話響起～

我：你好～乜乜診所～

佢：喂？你哋診所呀可？

我：係～

佢：你哋有冇得洗腸呀？

我：冇呀～

佢：我自備架生過嚟都冇呀？

有咩「架生」呀？

我：冇呀～我哋診所冇幫人做呢個服務嘅。

佢：我拎埋喉嚟喎？

咩喉……

我：唔好意思呀先生，我哋冇㗎～

佢：嘖，咁鬼難搵嘅，人哋美容院都做，你哋診所有咩可能唔做㗎？

我：呢啲要好小心㗎～唔好亂咁做呀！

佢：我知呀，所以咪搵診所囉，有咩事都賠死你吖嘛，識唔識其

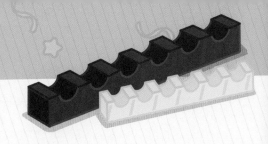

他醫生肯做呀？

你竟然第一樣諗嘅係賠償，而唔係自己身體安全⋯⋯

我：我唔知。

佢：噴，我有晒架生都唔肯做，驚我喺度瀨屎咩？

嘟。

我真係驚呀～我怕我 Hold 唔住呀～ 😱 3.8K

—— comments ——

**Kaho Wong**
自己喺屋企洗啦～都係插條喉開水沖㗎咋！

**Edmond Fan**
問下樓下檔車仔麵幫唔幫手洗埋？

**珍寶豬**
啲人真係視自己條命如糞土～好高尚～

| case | symptom | 搏工傷 |
|------|---------|--------|
| #6 | remark | |

✎ 有日一位先生嚟到診所～

佢行埋嚟登記處，向我舉高食指：喂！

我：係～請問有咩幫到你？

佢：我隻手指整親。

我雖然望唔到有咩表面傷痕，不過我係一個好員工：哦？睇醫生呀？麻煩你畀身份證我登記吖。

佢邊拎身份證出嚟邊問：係咪可以拎工傷㗎？

我：吓？你隻手指其實咩事？頭先我睇唔清呀唔好意思⋯⋯

佢再伸出食指：噚日我返工開櫃桶，自己夾一夾。

自己夾一夾⋯⋯

我左望右望：唔好意思呀，我睇唔到邊度有傷嘅？

佢：就咁睇好似冇囉，但係我覺得有啲痛，自己諗諗下又好驚再俾個櫃桶夾到，我係咪可以放假放到我想返工為止？

其實我日日都好驚俾老闆抦，好驚俾啲病人抦，我可唔可以放假放到我心情平復為止？

我：工傷嘅意思係你有受傷，咁受傷嘅都普遍會有表面傷痕⋯⋯

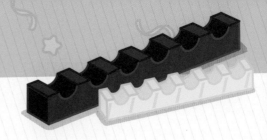

佢：會唔會表面睇唔到，入面有傷㗎？

我：咁就⋯⋯畀醫生檢查下先啦，有需要嘅會轉介你去照 X-Ray 嘅。

佢：我係咪唔使畀錢㗎？

你打算肉償嗎？我要問問醫生願唔願意喎⋯⋯

我：要㗎～要畀錢㗎，診金要畀，藥費要畀，照 X-Ray 都要畀㗎。

佢：唔係我公司畀㗎咩？

我：喺呢度你要畀咗先㗎～之後你自己再拎收據返公司 Claim 錢嘅，不過你要問返你公司醫療嗰度係包啲咩同個金額有幾多～

佢：唔係你自己同我公司收錢㗎咩？

我：唔會㗎，我哋連你做邊間都唔知呀～

佢：咁容咩易你哋收咗錢，佢又唔畀返錢我㗎？

我：所以咪叫你問清楚公司先囉～

佢：咁麻煩㗎，問得嚟我都返咗工啦！

咁你咪去返工囉。

佢又伸出手指：我呢啲 Case 以你經驗可以放幾耐同拎到幾多工傷金呀？

零。

我：我唔會做任何評估或答你呢個問題呀，因為同你檢查傷勢嘅係醫生。

佢：你係咪同我公司個人事部八婆玲夾埋㗎？你好似專登留難我咁嘅？

我：我都唔知你係邊間公司……

佢望望自己隻手指：係咪要整得出位啲先呀？

我冇出聲。

佢再望望自己手指：起碼甩塊皮先？

我冇出聲。

佢：我遲啲再嚟呀，我睇下可以點搞！

自此，佢冇嚟過了。

先生係咪已經傷到放緊長假喇？ ♡ 4K

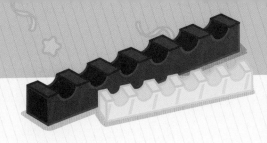

| case | symptom | 急 症 室 與 我 |
|------|---------|----------------|
| #7 | remark | |

有日，有位小姐嚟到診所～

佢行埋嚟問我：幾錢呀？

我指住玻璃上嘅收費告示：呢度有寫呀，可以睇下你需要幾多日藥呀～

佢望望再望返住部電話講：我問你你就答啦，你啞㗎咩？

噢，對唔住呀～我唔知你原來有障礙～不過你望住部電話講嘅，其實係咪想搵 Siri 呀？

我：小姐，我哋診金連兩日藥係 $200，抗生素藥膏眼藥水打針都要加錢嘅。

佢：你憑咩收得貴過急症室呀？

你不如試下問蒼天呀～

我：急症係公立嘅，我哋係私家嘅～

佢：急症有咁多人喺度，人哋要出咁多糧都平過你啦，你憑咩收咁貴呀？

我：如果小姐覺得收費唔合理嘅，可以去你認為合理嘅診所睇嘅～

過主啦，唔好喺度磨啦～


佢：你咩態度呀？

我：請問仲有咩幫到小姐你呢？

佢大喝：我問你呀！點解你收得咁貴呀？你有冇答過我問題呀？你冇呀！


你係咪陳啟泰呀？你係咪有一百萬獎金呀？唔係吖嘛？冇吖嘛？我返工唔係嚟答你呢啲問題㗎～你咁鍾意問問題，又咁喜歡要人答你問題，你出去開個問答擂台啦～


我：小姐你有需要睇醫生嘅我可以幫你登記呀～

佢：我問你點解收咁貴，你叫我睇醫生？急症都係 $180 咋！

我：急症室要等幾耐呀？


佢冷笑：我唔使等㗎！


哦，係呀，有冇心得分享呀吓？係咪因為你一去到就即刻俾人綁住呀？


我：咁……你去你想去嘅地方啦～

佢又大喝：我問你嘢呀！

我：你覺得我哋收得貴嘅，門口就喺你後面～麻煩你出返去啦，唔好影響我哋好冇？

佢：你啲態度連急症室嗰張枱都不如呀！佢俾我點打都冇出過一句聲呀！

講完之後佢就離開了。

急症室有幾多張枱俾你打爆咗呀？ 🐮 5.9K

*comments*

**Yuenman Cheuk**
急症室張枱：講不出聲，講不出聲～

**Georgina Iong**
出面啲邊爐，兩小時，任我打都係 $198，你憑咩貴過打邊爐？

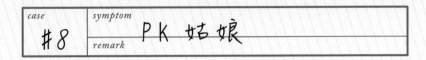

有日一對情侶嚟到診所。

女的行埋嚟同我講：我哋兩個都睇呀，係咪有得睇？

我：有呀，麻煩身份證登記吖。

佢拎出身份證，喺我登記期間，佢問：有假紙攞㗎可？

我：病假紙要畀醫生睇下你需唔需要休息先開嘅⋯⋯

佢「哦～」一聲。

隔咗半分鐘都冇，佢再問：咁我哋可以一齊拎病假㗎可？

我：如果醫生睇完你哋兩位之後，覺得你哋都需要放假休息就會寫㗎喇。

佢又「哦～」一聲。

我：登記好㗎喇，可以坐低等嗌名。

佢唔願走，又再問我：可唔可以寫定下星期㗎？

吓？你今日嚟睇定下星期嘅病？

我：下星期？唔得㗎喎……今日睇最多都係得今日聽日病假㗎咋～
唔會隔咁多日啦……

佢：但係我哋兩個噚日買咗機票喇。

我有冇聽錯呀？買機票關我咩事呀？

我：你去旅行嘅唔係請病假啊，應該係去拎年假喎？

佢：我哋噚晚先買㗎咋，拎唔切年假呀。正確嚟講我哋係今日凌
晨兩點先買，平機票得返下星期咋，遠期啲嘅俾人搶晒喇……

我：病假紙唔係咁用㗎。

佢望住男朋友講：點算呀？佢話唔畀喎……

男朋友：我噚晚都話咗唔得㗎啦，你死都話得，係都要買。

佢望返我：唔可以幫下手咩？

你唔返去同你老闆講？嗌佢幫下手？

我：呢啲我哋幫唔到手呀。

佢：咁我買旅遊保話唔舒服取消行程得唔得呀？其實我真係好想
去㗎～

我：唔好意思，我哋真係幫唔到手。

佢望住男朋友：咁點算呀？

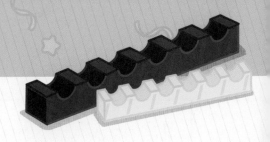

男朋友拖住佢走：冇啦，去條 L 咩，嗌咗你㗎啦！

佢邊行邊講：我點知個姑娘咁仆街㗎啫！

……又入我數呀？  4.2K

| case | symptom | 外形 |
|------|---------|------|
| #9 | remark | |

✒ 有日有位男士嚟到～

佢行埋嚟登記處問我：姑娘，醫生可唔可以畀啲建議我呀？

我：咩嘢建議呀？

佢：外形上嘅。

醫生，你幾時做埋形象指導？唔通你係醫學界 Nel Nel ？

我：呢啲睇怕醫生唔多在行喎……

佢好驚訝聲音高八度：點會呀？佢醫生嚟㗎喎？

我：係就係醫生，不過佢平時睇傷風感冒會比較在行……

佢：咁即係我唔可以叫佢畀建議我呀？

我：如果關於你個外形上嘅問題，就好難畀到建議你喇，因為呢啲好主觀嘛，不過我都可以照同你登記入去同醫生傾傾嘅，睇下佢幫唔幫到你啦～

佢：醫生畀到實際建議我先會 Count 我錢㗎可？

如果可以，我想由你入門嗰刻就開始計你錢～

我：見得醫生嘅就要收㗎啦～

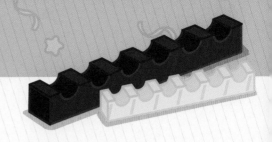

佢：咁過份？

醫生任你上好冇？

我：都係診症嘛～

佢：我問一條問題喋咋。

我：問多與少都一樣要收診金呀，唔關問題多定少呀～

佢：我入到去淨係問一條問題，醫生假如又畀唔到建議我，咁我又要畀足診金，我咪好蝕囉？

外形上嘅問題，問嚟都多餘嘅～醫生話你好靚仔，唔通你又信喇喎？佢日日都話自己好靚仔喋，我都想叫佢轉介自己去眼科啦～

我：或者你搵第二個問啦。

佢：問你得唔得呀？

Why always me？

我：其實你想問啲咩呢？

佢：問你又好似唔係咁好，不過我本身係想問下體個外形係咪正常咁囉⋯⋯

……八爪魚咁嘅款就唔正常嘅。

我：咁你都係入去見醫生啦，我同你登記吖。

佢：問你都唔得呀？如果唔得嘅，我再考慮下先啦，都對咗咁多年，係有感情嘅，唔急嘅唔該。

……哦。咁有感情就咪搞佢啦～　♥ 5K

望望下又好似好正常！

| case | symptom | 無效的藥 |
|------|---------|---------|
| #10 | remark | |

有日有位姨姨嚟到～

佢：我早幾日嚟睇過喋呢～

我：係～咩事呢？

佢：我想同醫生反映返佢啲藥冇效呀。

我：好呀～你有冇帶啲藥返嚟呀？同埋你畀畀覆診卡號碼我吖，我要拎返個排版出嚟。

佢：吓？你唔記得我噂？

唔好咁傷心啦，唔記得嘅又點止你一個呢～我一日俾百幾人輪，我真係認唔到咁多人～

我：確認係好重要嘅，排版唔可以拎錯呀～

佢好唔情願下撳銀包拎出覆診卡：嗱。

我拎排版望望：上次開畀你嘅藥，你食咗幾多次呀？

佢：兩次啦。

我：咁多日都係食得兩次？

佢：係呀，冇咩效嘛。

要即刻感受到有效果？一次見效嘅嗰啲係砒霜。

我：哦～咁呀……枝哮喘噴劑呢？用咗幾多次呀？

佢：用晒啦！得嗰少少，咁細枝！

我：唔會咁快用晒㗎喎？你一日用幾多次呀？

佢：我噴完都冇效呀！

我：咁大鑊？你有冇含住佢吸入㗎？

佢一臉疑惑：含住點吸呀？唔係擘大口擴大埋鼻哥窿咁索入去咩？

我成塊面出晒問號：你點用呀？

佢：要唔要示範一次畀你睇？

我：最好啦。


佢拎出哮喘噴劑，打開蓋，向天……按下金屬藥筒位。之後佢微微抬頭，雙手揚動～張開口擴大鼻孔深呼吸數次……


阿姨，你賣緊空氣清新劑廣告嗎？


我：……唔好意思呀，你用嘅方法錯咗呀。醫生喺房應該都有教過點用呀？我出藥嗰時應該都有講呀？

佢：邊記得呀～

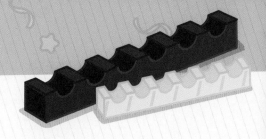

我：咁張紙都有寫點用呀⋯⋯

佢：邊會睇呀～

原來係咁，講你又唔聽，教你又唔理，寫埋都唔睇～咁仙丹都變彭丹啦。 ♥ 4.6K

| case | symptom | 係咁捽嘢 |
|------|---------|---------|
| #11 | remark | |

有日一位阿姨都未入到嚟診所，就已經聽到佢喺門口大嗌：姑娘～醫生～醫生～姑娘～

一直嗌到行埋嚟登記處：姑娘，我要你幫我呀！

我：有咩事呀？

佢邊講邊搵低身除鞋：你等等呀……

我：咪住咪住，做咩除嘢？著返先著返先，有咩講就得㗎啦，唔使除唔使除！

佢睩我都生臭狐：唔得呀，我要畀你睇呀！

我：唔使畀我睇㗎，一陣入到房先畀醫生睇得㗎啦～你畀我睇冇用㗎，又唔係我醫你～

佢：你真係謙虛喇，你都係姑娘嚟㗎嘛！

唔係呀，我喺度掃地㗎咋。

我：總之就唔係畀我睇啦，你著返先啦……

佢一於懶理，襪都除埋，露出肥嘟嘟腳趾……再用手指喺兩趾間來回捽捽捽……阿姨，你捽老泥呀？

佢舉起佢嘅食指，遞埋嚟我度：姑娘，係咪有味呀？

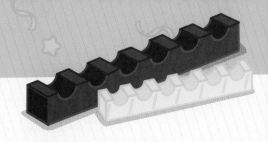

你黐咗邊條筋呀？

我：你唔好咁啦，你著返晒啲嘢先啦，跟住洗個手就再登記見醫生好冇？

佢：你幫我傳畀醫生聞下係咪唔正常呀？

點傳呀？係咪手起刀落「哈」一聲斬隻手指落嚟再拎入房畀醫生，塞落佢鼻哥窿度？

我：你洗咗手先～有啲咩睇醫生嗰時先再問啦，我呢度淨係幫你登記㗎咋。

佢再伸手指喺兩趾間來回捽捽挖挖，再遞埋嚟我度，放喺枱面：我有啲皮可以畀你呀，係咪可以拎埋去化驗㗎？

我好無奈：小姐，有啲咩嘢嘅可以入到醫生房先講先做，呢度淨係負責登記，你畀咩我，我都唔會收嘅。

佢捽捽褲袋拎出身份證：我以為你都會幫人睇㗎嘛，好啦，同我登記啦。

你嗰隻手……係捽完腳……嗰隻手呀……

啊！醫生呀！我要用消毒劑就地正法自己呀！　♥ 3.8K

| case | symptom | 石膏粉 |
|------|---------|------|
| #12  | remark  |      |

電話響起～

我一朝早開工，心情靚靚：你好～乜乜診所～

佢：姑娘，可唔可以問你啲嘢？

我：咩嘢呢？

佢：石膏粉有冇害㗎？

我：呢個……我唔知喎～

佢：你可唔可以問下醫生呀？

我：醫生未返呀。

佢：咁你知唔知有冇害呀？

你金魚嚟？得八秒記憶？

我：我真係唔知呀……整豆腐花嗰啲應該冇害啩……

佢：係呀係呀！豆腐花嗰啲呀！我奶奶話有害，唔可以就咁用喎！

我：我諗少少 OK 啩，食咩都唔可以過量㗎啦～

除咗熱浪，Yeah！

佢：我唔需要嘅我都唔會食嘅。

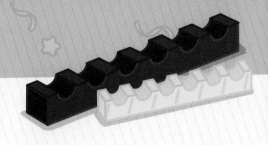

豆腐花幾時變得咁被需要？

我：鍾意咪食囉⋯⋯

佢：唔係我鍾唔鍾意呀，係我要呀，我奶奶話唔得㗎！唔可以㗎！

我：唔好意思，我有啲嘢唔明，點解你一定要食呀？你好鍾意食豆腐花？

佢：屙軟便就要食㗎啦～

無限黑人問號⋯⋯？？？

我：屙軟就要食豆腐花？

佢：我由頭到尾都講緊石膏粉。

我：不如你嚟睇醫生啦⋯⋯

佢：我唔需要醫生呀，你等醫生返嚟同我問下佢石膏粉有冇害啦，我就嚟俾我奶奶激死㗎啦，佢係咁同我拗！

我：唔係呢～如果你大便形態突然有變，最好 Check Check 呀～嚟畀醫生睇下啦～而家過嚟啦～

佢：你係咪我奶奶呀？

嘟。

⋯⋯⋯⋯我要唔要扮聲：我～係～奶～奶～呀～  3.6K

| case | symptom | 長者優惠 |
|------|---------|---------|
| #13 | remark | |

✎ 有日有位女士嚟到診所～

佢同我講：一陣我老豆嚟睇醫生呀。

我：哦～好呀。

佢：我老豆老人家嚟㗎，係咪有得平呀？

我：六十五歲以上我哋會有長者優惠嘅～

佢：要唔要畀咩證件你㗎？

我：我哋要身份證登記嘅，長者卡可以唔使出示～我哋見佢夠六十五歲就會自動畀優惠㗎喇。

佢：佢爭少少先夠六十五喎應該……

我：咁我哋會收返成人價，即係正價嘅～

佢：爭少少唔可以畀埋佢咩？

我：唔得呀，我哋呢個長者優惠係一定要夠歲數先可以享有。

佢：爭少少咋喎？

個個都爭少少，不如唔好搞個優惠出嚟啦？

我：一定要夠六十五歲先可以有呀，唔好意思。

佢老豆嚟到，女士好不忿咁同佢老豆講：人哋唔當你係老人家呀！

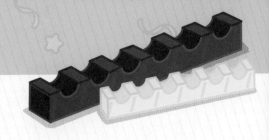

收你正價呀！畀身份證佢啦，幾唔敬老呀佢！

佢老豆冇出聲，我望望身份證⋯⋯爭少少嘅意思原來係爭成六年。

我沉默地登記，女士：身份證你睇到啦？真係爭少少咋喎？

我抬頭：都唔少呀？爭成六年喎？爭六個月都唔會當係長者呀。

佢：你望下我老豆個樣先啦，你話佢七十歲都有人信啦，你望下啦！

我望到，我望到你老豆眼神死直直，充分控訴對呢個世界有幾厭惡⋯⋯

我：我哋唔係用個樣嚟計㗎嘛～

如果咁計法嘅，你都好快有得用啦。

女士冇再出聲，我見到
佢老豆嘴角上揚。

❤ 5.4K

047

| case | symptom | 涼茶能醫百病 |
|------|---------|----------|
| #14  | remark  |          |

有日診所內坐咗幾個人等睇醫生。

其中一位小姐人有三急,去咗診所內嘅廁所⋯⋯

之後有位阿姨企起身,行去廁所門口敲門:喂?入面係咪有人呀?屙快啲吖,我好急呀!

廁所內嘅小姐嗌出嚟:得啦,等等呀!

阿姨原地打樁式踏步:我唔等呀!

過咗冇幾耐,小姐出嚟了,守喺門口嘅阿姨立即衝入廁所⋯

入到去都唔夠十秒,阿姨大嗌:搞錯呀!你屙到咁臭㗎!

小姐臉紅紅行返去坐低⋯⋯

過咗幾分鐘,阿姨出嚟了。

佢坐低後望住小姐,同小姐講:你食過啲咩嚟呀?

小姐冇回應。

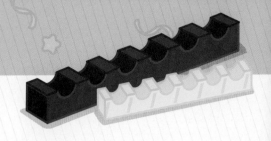

阿姨繼續問：點解你屙尿都可以咁臭？

小姐冇回應。

阿姨再繼續：你係咪熱氣呀？飲涼茶啦！

阿姨你不如唔好出聲啦～

阿姨繼續：飲涼茶啦，平時飲多啲雞骨草，包你冇病冇痛唔使嚟睇下醫生呀，你連屙尿都咁臭咁大陣味，肯定係好病㗎啦，爭在睇下你個病死得未咁解㗎咋，飲涼茶啦！

唔好意思，咁阿姨你平時都應該好識養生吖？咁你做咩嚟睇醫生呀？

小姐低頭篤電話冇理佢。

阿姨鍥而不捨：飲涼茶啦，自己唔識煲都可以出去買呀，唔好成日對住部電話，對得多熱氣㗎！唔怪得你屙尿咁臭啦，你平時留意下自己個口有冇臭？有就飲多啲涼茶啦！

小姐再忍受唔住，佢企起身行埋嚟同我講：姑娘，佢好煩呀⋯⋯

咁⋯⋯你想我點幫你呀？我唔幫手毒啞人㗎～

我唯有對阿姨講：不如我哋靜靜地等睇醫生吖？

阿姨同小姐講：真係良心當狗肺，我為你好嗌你飲多啲涼茶啫，有病醫病，冇病飲完人都靚啲呀！

小姐望住我問：姑娘，佢靚咩？

嘩，你陷我於不義⋯⋯

我冇出聲。

小姐擰轉頭爆阿姨：係咁有效嘅，你就唔使咁嘅 L 樣啦。

阿姨再冇出聲，安靜地等睇醫生⋯⋯

其實人身攻擊又唔係咁好嘅。不過⋯⋯唉～算啦～ ♥ 6.4K

有日，一位先生嚟到診所。

佢行埋去登記處同妹妹講：等幾耐呀？

妹妹稍不留神：唔使等呀。

佢：登記啦。

登記後，妹妹叫佢坐低等嗌名。

佢即刻：頭先又話唔使等？而家又叫我等？

鬼穿牆呀？嚟吖嚟吖，穿得過就唔使等！依家就畀你直入去嗌：
「大夫～～～」

妹妹唔知點答好：Er……等等呀……

佢：咁即係等幾耐呀？我趕時間呀！

妹妹：一陣啦，坐一陣先呀……

佢：我係唔坐呀，我企喺度呀，你開門！你開門呀！

妹妹不知所措，完全唔識應付……

先生見到咁梗係繼續食住上：開門呀，我趕時間呀，你坐喺度做咩呀？我企喺度時，你坐喺度？同你講嘢呀！

妹妹唔敢出聲。

先生越嚟越勇猛：企起身呀！開門呀！你生得出嚟就企喺度俾我屌呀！

嘩……呢位兄台睇嚟本身係急住入去見醫生顏射醫生，一見稍有阻滯就忍都忍唔住，喺出面都照瀨先。

大家姐呢個時候出嚟：係咪要企喺度屌呀？我未試過呀！屌啦嘛？企喺度用乜姿勢呀？係咪要打鼓呀？

雖然我唔知點解要打鼓……不過我又真係好想睇下大家喺診所內打鼓，先生，我支持你勇敢啲屌下去！音樂細胞盡情爆發吧！

大家姐望住先生：做咩唔出聲呀？嗌你屌呀！頭先唔係好大聲要我企喺度俾你屌咩？

人哋係嗌妹妹，唔係嗌你呀～

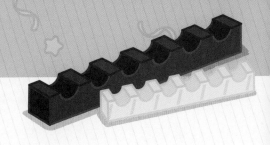

先生勒緊褲頭行埋去坐低……

大家姐無癮：哼！

你知道乜嘢叫欲拒還迎嗎？先生佢應該係咁啦，佢等緊你主動呀～

😈 4.3K

屌啦嘛？仲唔屌？

當我冇講過……

―――― comments ――――

Novi Ys

唔知點解我腦海成日都飄盪住大家姐嘅霸氣
就好似烈火奶奶搵交嗌嗰時嘅氣勢～

| case | symptom | 被 召 喚 的 姨 姨 |
|------|---------|------------------|
| #16 | remark | |

有日有位阿姨嚟到～

佢行埋嚟登記處問我：喂，係咪有針打呀？

我：你想打咩針呀？

佢：你哋嗌我嚟打針㗎喎，你問返我轉頭咁得意嘅？

我以為係醫生交帶落嘅症，只係人人都知，得我一個唔知……

於是我行去問同事：出面有位姨姨話要打針，係咪你哋嗌佢嚟㗎？

同事：冇呀，我哋冇 Call 過人嚟喎……

咁奇？

咁我又行返出去姨姨講：我哋冇嗌過你嚟打針喎？係咪第二間診所呀？我哋醫生係陳醫生呀。

佢：乜嘢呀？你哋叫我嚟打㗎喎，仲話一定要打嘅？

我：咁你知唔知要打咩針呀？

佢：我點知啫，我知嘅我就做醫生啦！

咁又唔係只有醫生先可以知道幫病人打咩針嘅，你都有權知道自己係食緊咩藥打咗咩針㗎嘛～唔通人哋畀嚿屎你，你都照要咩？你要學識 Say No 㗎嘛～

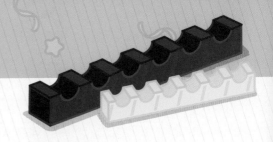

我：咁有人叫得你去嘅，一係你打返電話畀佢問吖？

佢諗咗陣：TVB 電話幾號呀？

TVB 關你咩事呀？你想去做路人甲臨記呀？定你想去都市閒情呀？

我：吓？我唔知喎……

佢：TVB 嗌我㗎喎？

我 Load 咗好耐……頂～你個掣！你係咪睇到電視上嘅流感疫苗廣告呀？

我：TVB 係咪嗌你嚟打流感針呀？一年一次嗰隻呀嘛？

佢：係呀！都話咗係有人嗌我嚟咯，問咁耐先知，得唔得㗎你？

我：嗯……你畀身份證我登記啦～

佢：你知唔知我嚟做咩㗎？你而家知我係邊個啦嘛？

我：你畀身份證我先啦……

阿姨，你咁唔掂㗎喎……下次你睇到人哋成班人喺天台 BBQ，唔通你又去燒烤場 B 埋自己咩……  5.2K

| case | symptom | 腦筋急轉彎 |
|------|---------|-----------|
| #17 | remark | |

有日，有位男士因為拎病假失敗喺診所發爛渣～

佢先紮穩個馬步拎住部電話，再喺登記處面前自言自語噉泥咁。

佢吠咗一輪泥就問我：我哋係咪冇彎轉先？

分手啦，我哋分手啦～

我：冇㗎喇⋯⋯

佢：你哋迫我㗎！

佢拎起電話又拉遠又拉近咁影：你想紅想出名，我成全你！

先生，你係咪搞錯對象？點睇都係醫生想紅，係醫生拒絕畀假紙你，何解又入我數呀？我未梳頭呀⋯⋯

我：唔好意思呀先生，呢度唔畀影相㗎～

佢：點解呀？你有乜權唔畀呀？

我：其實呢度私人地方嚟嘅～

佢暗地裡其實係個奉公守法嘅乖寶寶：我行出去影得唔得？

我：行出去影當然冇問題，隨便～

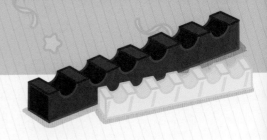

佢真係行咗出去，不過就喺門度攝隻手入嚟，拎住部電話繼續「咔嚓咔嚓」……

大佬，你唔好咁癲啦～行咗出去就唔好望轉頭啦～扯啦～  3.8K

*comments*

| case | symptom | 想減肥的小姐 |
|------|---------|------------|
| #18  | remark  | |

有日有位小姐嚟到診所～

佢問我：呢度有冇得醫減肥？

減肥還減肥，醫還醫～你的肉肉並不是病啊，是肉。

我：我哋呢度冇減肥藥㗎，唔好意思。

佢：而家咁難搵診所醫減肥㗎咩，以前好多㗎？

我：以前啲藥冇管得咁嚴嘛。

佢：係囉，我以前搵兩間都梗有一間有得醫減肥。

我：嗯，我哋就冇囉～

我哋你眼望我眼，佢又唔肯走，我又冇地方走……

我：仲有咩幫到你呀小姐？

佢：我可唔可以入去問醫生少少嘢，真係好少。

我：哦，好呀，同你登記睇醫生呀～麻煩你身份證吖。

佢：我問嘢得㗎啦，唔使睇㗎～

你以為你轉個講法，我哋就唔收你診金嗎？

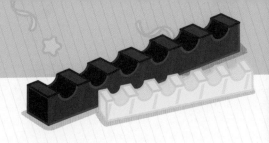

我：問嘢都照登記睇醫生㗎，入得去見醫生就要登記㗎喇。

佢：傾下偈都唔得㗎？

返屋企搵屋企人同你傾呀，每日十五分鐘，聽聽媽媽心底夢。

我：醫生唔會無啦啦咁同你傾偈呀～

佢：吓？傾偈都唔畀㗎？

我：我都係返緊工㗎，醫生都唔係請我返嚟傾偈嘅～你有啲咩想問呀？如果真係為傾偈嘅，你可以搵朋友傾呀，或者講我聽？

佢：我想問下醫生係咪食得多發粉所以先咁咋嘛。

佢望望自己身上的肉……發粉＝長肉嗎？

我：你平時就咁啪發粉？發粉當飯食？

佢用好鄙視眼神望住我：發粉又點會就咁食呀？係食物入面有發粉㗎啦！

我：咩嘢食物入面會有大量發粉呀？

佢：唔係大量啦，應該有啲囉。我睇唔到有幾多㗎，佢都煮好晒咯。例如啲蛋糕西餅，香蕉蛋糕呀，我好鍾意食㗎！

咁香蕉蛋糕入面除咗有發粉，我相信都應該仲有牛油、糖同蕉呢

啲成分嘅⋯⋯

我：會唔會係食太多呀？

佢思考咗一陣：唔會吖？我日日食幾個咋嘛，但係我好多時食完就冇再食飯㗎喇。所以唔係食得多㗎我。

我：你自己整？

佢：我唔識整啦，買㗎咋。

我：你不如上網搵個食譜嚟睇下吖？如果你睇完都仲覺得係純粹發粉問題嘅，你先再諗減肥吖？

自此，我再冇見過呢位小姐。 ♥ 7.8K

| case | symptom | 強姦叔叔 |
|------|---------|---------|
| #19 | remark | |

有日有位叔叔拎完藥，企喺度欣賞張病假紙。

大概三四分鐘後，佢問我：阿女，你知唔知咩係強姦？

我心諗你唔係咁重口味呀嘛？你望咗張病假紙幾分鐘就係姦緊佢呀？

我：做咩呢請問？

佢揚揚張病假紙：呢張嘢就係強姦我。

睇過？張假紙條 J 喺邊呀？

我：我唔明你意思……

佢：我都話咗唔係要一日咁少咯？你仲開得一日畀我？唔係強姦我，係咩呀？

咁都係醫生強姦你啫。

我：因為你嘅病，醫生認為你休息一日就 OK 呀。

佢：坦白講吖，醫生真係識睇我哋啲病人咩事咩？佢都係聽我講咋嘛，佢聽到我講得好小事咪畀得一日半日囉，一日半日算咩嘢

呀？算咩假呀？我頭先喺入面都講咗唔只要一日咯！我望咗幾分鐘張假紙都係得一日喎，你睇下係咪？

咁點解一開始你唔講到自己嚴重啲？而且張病假紙你望到海枯石爛都唔會自己轉日數㗎啦……你估你係賭賭賭賭賭～神咩。

我：病假紙開咗嘅話醫生就唔會改日數㗎啦～一係你聽日睇下點啦，如果仲好唔舒服嘅就嚟見一見醫生，佢應該都可以因應你身體狀況寫多日畀你嘅。

佢：咁點解今日就唔可以直接寫兩日畀我呀？做咩要我分兩次嚟呀？

我：醫生今日認為你淨係需要休息一日嘛……

佢：帛金咩？單數咁畀！

呢個世界除咗你，應該冇人會諗到自己拎病假係等如拎帛金，你咁同詛咒自己有咩分別呀？

我：唔係咁嘅意思……

佢：咁即係要我嚟畀佢強姦多一次啦？我要唔要畀反應呀？吓？離譜！

叔叔嬲爆爆離開診所。

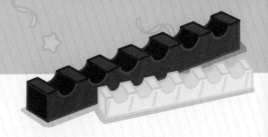

唔鍾意嘅做死魚都得⋯⋯你鍾意界反應嘅咪嗌幾聲囉？醫生都一樣係呆呆樣咁望住你咋嘛～ 5.9K

| case | symptom | 返 工 唔 收 工 |
|------|---------|--------------|
| #20 | remark | |

電話響起～

我：你好，乜乜診所～

對方係一位女士：就嚟八號（風球）今晚仲有冇得睇醫生呀？

我：我哋醫生都會因為八號風而收工呀，所以今晚冇醫生喺度喇～

佢：吓，八號就收工㗎嘛？

我：係呀。

佢：我都係喎！

咁喎呀？好神奇呀～

我：……

佢：我收得工返嚟，你收咗工㗎嘛？

我：係呀。

佢：我想睇醫生喎？

我：唔好意思呀，醫生住得遠，佢都要走嘅。

佢：我印象中佢間房有床㗎？

……你以為醫生真係喺度住？

我：嗰張診症床嚟～

佢：但係我想睇醫生喎？

我：或者你睇下有冇其他診所開啦，我哋就真係收㗎喇～

佢：唉，想睇個醫生都咁難，我真係病先嚟睇，你哋返工為收工就轉行啦嘛，唔好做醫療行業啦！


嘟。


醫生，你都係考慮下前舖後居啦～  5.4K

———— comments ————

**Miles Fan**
唔好聽講句：做嘢地方有床就瞓得！？殮房有床有冷氣，睇嚟好啱呢啲客去返下工兼住下。

**Margaret Ka Yin Chung**
最完美的醫護人員：唔食飯、唔放工、唔出錯、唔使瞓……（唔存在）

| case | symptom | |
|---|---|---|
| #21 | remark | 撩著數 |

有日有位太太嚟到診所，佢望望我哋個收費表～

之後哄個頭埋嚟問：呢個價係真㗎？

我：呢個基本收費啊，如果你打針呀有抗生素嗰啲就會再加錢～不過一般傷風感冒都好少用到抗生素。

佢：仲要再加錢？

我：要打針嗰啲先要加啫～

佢：你哋唔會有啲咩優惠畀我哋啲街坊㗎咩？

入得嚟個個都係街坊，個個都畀個優惠，醫生食得屎喇喎？

我：我哋個價錢定咗嘅～已經冇其他優惠㗎喇，如果小姐你睇嘅，不如我同你登記先吖？

佢：我睇嘅有冇優惠先？我唔係嚟撩著數㗎～你唔好咁望住我呀～

咁你喺度做緊咩呀？我同你講嘢就梗係望住你啦～唔望你可以望邊呀？

我：我哋真係冇優惠㗎喇。

睇就睇，唔睇就行返出去啦！

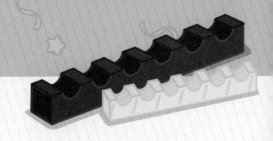

佢：咁會唔會有啲小禮物畀我呀？

畀個膠袋你呀？夠唔夠小呀？唔夠小呀？畀粒塵你呀？定你想要頭皮？

今鋪我笑而不語。

佢繼續追問：或者迎新優惠？

你 Join Member Join 到上腦呀？睇醫生迎乜新呀？

我：唔好玩啦小姐……呢度診所嚟㗎～

佢一臉認真嚴肅：我冇同你玩。

我：我哋診所就冇優惠冇減價空間亦冇送禮之類嘅嘢～你睇醫生我就同你登記，你可以坐低或者出去行下考慮下睇唔睇嘅……

佢：我乜都唔考慮唔使睇喇，我又唔係嚟搲著數，你都做到咁串，我有樣嘢就一定睇到，睇你哋執笠啦！

咁樣都唔叫搲著數嘅，究竟點先叫搲著數呢？ ♥ 6.1K

067

| case | symptom | 關高蛋事 |
|------|---------|---------|
| #22 | remark | |

一個星期一的早上，一位太太怒氣沖沖咁衝入診所，玻璃門都俾佢嗰股力推到撞牆……

佢一行埋嚟就拍枱問：噚日做咩呢度冇人㗎？

太早返工嘅我有啲未回魂：因為……噚日星期日囉？

佢：邊個批准星期日冇人㗎？

我：……醫生？

佢：邊個醫生呀？

我：我哋呢度嘅醫生囉？

佢：高永文呀？

我：唔好意思呀，我哋醫生唔係高永文呀～

佢又拍枱：冇高永文批准，你哋可以冇人喺度守夜㗎咩？

咪住先～守夜應該喺靈堂守㗎喎？我哋診所嚟㗎喎阿姑？你係咪去錯地方呀？而且關高永文咩事呀？佢做錯啲咩要俾你咁瘋狂撻朵呀？

我：太太，你冷靜啲先……我哋診所嚟㗎喎？私家診所嚟㗎喎？我哋一向都係休星期日㗎～

佢：唔好同我講一向，總之我噚晚嚟到，你哋呢度一個人都冇！我而家冷靜唔到，我對你哋呢啲淨係識準時收工嘅診所好有存疑呀！

存疑啲咩呀?

我:噚日星期日吖嘛?我哋冇開係正常㗎~

佢:我叫你正常㗎咩?邊個批准星期日唔開?邊個呀?

啊啊啊啊啊,又 Loop 呀~我唔 Loop 得唔得呀~

我:你不如冷靜少少先?呢張係我哋卡片,咁上面印咗我哋嘅應
診時間,你要睇醫生嘅就係應診時間期間㗎~其他時間呢,我哋
冇人㗎,唔好㗎呀~

佢:你畀張咁嘅嘢我做咩呀?

我:畀你睇吓我哋嘅應診時間⋯⋯

佢:我噚晚病到就死,幾辛苦我都落嚟,但係我嚟到你哋一個人
都冇,我死咗㗎喇。

耶穌復活要三日,死人回家要七日,你一日都唔使就復活了!比
佢哋都更高效率呀。真係好 Amazing⋯⋯

我:太太、太太⋯⋯你冷靜啲先⋯⋯

佢:我死咗㗎喇!我死咗㗎喇!我死咗㗎喇!

很重要，所以要說三次吧？

我冇出聲。

佢：以後冇高永文批准，全部唔畀收工！

玻璃門又被拉到撞牆了。

太太，其實關高永文咩事？

❤ 4.8K

同我叫
高永文出嚟！

有咩幫到你？

<table>
<tr><td>case<br>#23</td><td>symptom<br>remark</td><td>代求職爸爸</td></tr>
</table>

有日有位叔叔嚟到診所～

佢嗌我：阿妹呀？

男人之家嗌得阿妹唔慌好嘢～你不如都係走啦？

我抬頭：嗯？做咩？

佢：我有啲嘢想你幫下手。

唔幫得唔得呀？

我：幫啲咩呀？
佢：有冇咩可能畀到個位我個女做？
我：哦～你個女搵工呀？但係我哋而家唔請人呀，夠人手呀。
佢：咩位都得㗎！
我：唔好意思呀，我哋暫時真係夠人呀～或者去第二間問下吖？
佢：問過啦，個個都話唔請，你係最後一間喇。

所以我要硬食了嗎？

我：真係唔好意思呀，我哋如果請人再通知你吖？你可以留個電話畀我呀。

佢：一個半個位都得㗎，咩位都得㗎，人工唔好太低就得㗎喇！

可憐天下父母心，連搵工都要幫手搵埋……仲要咁求法……

我：我哋而家真係冇位呢～如果有位我哋一定通知你嘅，到時再叫你個女嚟見工好冇？

佢：你哋有幾多個姑娘呀？

我：計埋我都有成三個㗎～我哋又唔係大診所，所以夠人㗎喇。

佢：唔計你呢？

三減一係一條好考智商嘅數學題呀。

我：唔計我咪兩個囉？

佢：你會唔會唔做呀？

總有一日嘅。

我：暫時未有打算辭職嘅～

佢：你喺度嘅，我個女咪冇得做囉？

說話就唔係咁講啦，就算我唔做，都未必一定係你個女做呀，都要見工合醫生心水呀～

我：咁我冇可能為咗畀你個女做而辭職啩？

佢一臉認真：定係要我投訴你？投訴到你俾人炒？

你黐線㗎？我唔睬你呀！

佢繼續講：我而家要見醫生！

我：你要睇醫生就拎身份證畀我～我同你登記啦～

佢：我要投訴你呀！

我忍唔住：大佬呀，你唔好咁啦，你咁搞法就算有位都冇人敢請你個女啦……

佢思考咗一陣，應該覺得我好有道理。之後自己離開診所了……或者佢係去諗辦法殺咗我。 ❤ 7.8K

| case | symptom | 叔叔不行了 |
|------|---------|-----------|
| #24 | remark | |

有日有位小姐嚟到診所。

登記後，佢同我講：探熱喺邊探？同你講定同醫生講？

我拎口探針畀佢：擺喺脷底～三分鐘後再嗌你名，你坐低等等～

佢拎住枝針行去坐低，因為我想睇下啲人有冇含錯放錯，我多數都會望望……我見到坐喺度嘅小姐，先拎住枝探熱針望望，再緩緩放入口……豬唇半開，將枝針拉出拉入嘅下嘅下～好滋味咁……小姐，你技癢呀？

我同佢講：啊……小姐，唔使郁嘅，含住佢唔郁就得㗎喇。

佢冇拎枝針出嚟，擘大口講：唔怕度唔準咩？成條脷咁大……

我：唔會啦～含住就得㗎喇。

佢：咁我左邊冇右邊咁熱嘅怕唔怕唔準？

你條脷分開幾多 Part ？

我：唔怕㗎，你含住就 OK 㗎喇。

佢再一次拉出拉入示範畀我睇：咁唔好咩？會有問題咩？

問題就應該冇咩嘅，不過……坐你斜對面嗰個阿叔睇到就嚟心臟

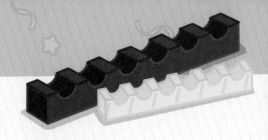

病發……

我：咁你唔使咁矺嘛，淨係合埋口含住就得㗎喇，三分鐘㗎~

三分鐘咁磨法，枝針可能會頂唔順……

佢：三分鐘咋嘛，我得呀！

咁你鍾意啦……但係阿叔，你頂住呀！唔好死～～～呀！  2.1K

## 有咩問題呀？

| case | symptom | 又要恨又要做 |
|------|---------|-------------|
| #25 | remark | |

✎ 電話響起～

我：你好，セセ診所。

佢一輪嘴講：喂？喂？喂？係咪醫生？醫生呀？我有啲好突發嘅事需要你幫我呀！你唔好問咩事！你答我得㗎啦吓！我碌嘢插去滴露好定藍威寶好？

……咩事呀？係咪唔畀問咩事呀？

我：先生呀？我唔係醫生呀，你有需要嘅話呢……過嚟睇醫生吖。

佢：我知我要睇醫生呀！我會嚟呀！咁你都要話我知我碌嘢插去邊度好好呀？

我：我可唔可以問點解一定要揀一樣嚟插呢？

佢：即係兩溝好啲呀？

我：唔係唔係唔係！我意思係點解要咁做呀？絕對唔係叫你兩溝呀！你唔好亂嚟呀～

佢：消毒呀！我頭先插過啲唔乾淨嘅嘢呀！

我好想問咩係唔乾淨嘅嘢呀？你迫你細佬砌件生豬肉呀？定插屎坑呀？

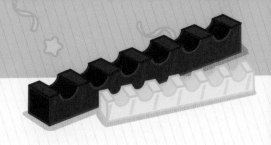

我：你去沖個涼都 OK 㗎喇～

佢：係咪用藍威寶沖呀？

我第一次聽人用藍威寶嚟沖涼，做咩呀？藍威寶贊助你咩？你要唔要當佢美極咁用呀？食乜都滴兩滴？

我：普通沐浴露都得，你用滴露嘅都要稀釋咗先用呀～藍威寶我真係未聽過係用喺人身體……

佢：我怕有性病呀！

我：先生你冷靜啲先，性病嘅話……你而家點外用消毒都唔會有咩大用嘅，你係要性交嘅時候做好安全措施先有機會預防到～如果你冇做嘅話呢……事後做消毒都冇咩大幫助。

佢：我點知佢有病呀！我知佢有病我就戴套上啦！

誓要去～～入刀山～～浩氣壯～～過千關～～

佢：藍威寶都唔得呀？

我：如果你真係擔心嘅，你嚟睇醫生啦～你同醫生講咗係咩問題先，睇下醫生有冇藥可以開畀你食啦。

佢：有藥食早講嘛！

不過唔係樣樣都可以食藥解決到㗎……安全最重要呀……  7K

077

| case | symptom | 有因就有果 |
|------|---------|-----------|
| #26 | remark | |

✎ 病人攞完藥畀完錢望下張假紙問：今日星期幾？

我：星期五～

佢：你寫張假紙係星期幾？今日？

我望望，正確嚟講係醫生寫，唔係我寫～

我：寫今日，星期五。

佢：你改改佢啦，我要星期四呀。

我：你要噚日假紙呀？

佢：今日星期五吖嘛？噚日咪星期四，係囉，星期四囉，我冇錯呀？

我：冇～你冇錯～你嚟遲咗啫～

佢：我噚日得閒就噚日嚟啦，我梗係有嘢做先嚟唔到啫，日子呢啲嘢是但啦，我是但有嘢交上去得㗎喇！

我：既然是但，環保啲，唔使改啦～

佢望住我。

我：我唔想下世做樹……仲有冇其他嘢幫到你？

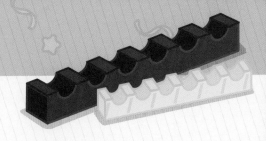

佢望住我，再望望假紙，之後離開診所。 👍 3.5K

我唔想做樹！

幫幫手吖？

*comments*

| case | symptom | 獨特的叔叔 |
|------|---------|-----------|
| #27 | remark | |

有日一位叔叔嚟到診所，佢行埋嚟問我：入面嗰個係咪醫生嚟呀？

我：係呀～係咪睇醫生？我同你登記先呀，身份證登記吖唔該～

佢：睇佢有咩好呀？

我唔係推銷員喎⋯⋯

我：吓？你有需要咪睇醫生囉？

佢：出面咁多醫生點解要睇佢呀？

咁你入嚟做咩呀？

我：或者先生你可以去返你睇開嘅醫生呀～

佢：你個款好趕客喎！

多謝。

我：睇醫生都要夾嘅，你可以試下呀，要唔要同你登記？

佢：你都要講下你醫生有咩好，我先決定睇唔睇㗎？

醫生你有咩優點呀？自己講嚟聽下吖？我唔想發掘你呀～

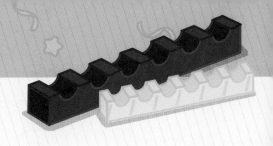

我：細心？

佢：心胸狹窄呀？

閣下有一番獨特見解喎～佩服呀！

我冇出聲。

佢：講中咗冇嘢好講呀？

我：唔知點答你好……

佢：即係大家冇嘢好講啦！

我冇出聲，佢就離開了。

醫生以後你嘅優點係心胸狹窄呀！  3.9K

― comments ―

> **Carlos Tang**
> 醫生最大優點咪就係請咗寶豬囉！

| case | symptom | 衰玻璃壞玻璃 |
|------|---------|-----------|
| #28  | remark  |           |

有日一位爸爸拖住一個小朋友嚟到診所。登記後，佢哋行去坐低等嗌名⋯⋯

阿仔非常好動地跳上座位，再跳返落地，不停重複咁做，是在健身嗎？

爸爸見到阿仔咁好動好溫柔地笑笑說：好喇，停喇。

真係睬你都有味。

阿仔繼續跳跳跳跳跳跳⋯⋯「哎呀，嘭！」佢腳仔軟，衝向前，撞咗落塊落地玻璃度⋯⋯

爸爸眼癲癲望住親吻玻璃嘅阿仔，幾十秒後回神了，佢先出手執返個仔起身⋯⋯

佢望住個仔問：你冇嘢吖嘛？

阿仔擰擰頭表示冇事。

爸爸細心檢查佢個仔嘅五官：有冇撞歪呀？

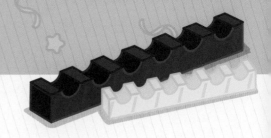

阿仔揢揢鼻頭：冇事呀！

之後大家都好安靜咁坐低等待，不過爸爸好明顯唔多放心，不時會擰去望下阿仔個樣，或者就係咁……佢越望越覺不安，越不安就唔知點解越想搵啲嘢去做下，去充分表現佢係一個好爸爸。

於是爸爸行埋嚟我度：你知唔知頭先我個仔撞咗埋塊玻璃度？

我：嗯？唔係冇事咩？

佢：塊玻璃點解會喺度㗎？好危險㗎喎？

如果冇塊玻璃嘅，你個仔頭先直接飛咗出大街啦。

我：我哋落地玻璃嚟㗎喎？

佢：我見到！你唔好當我白痴先得㗎！我就係問點解有玻璃囉！

你講得出咁嘅嘢，大家好難唔當你白痴㗎喎……你個人咁唔自愛嘅～係咁顯示自己智商下限……

我：間舖租嗰時已經係咁……

佢：咁你診所嚟㗎嘛，唔係人哋點畀你，你就照用㗎嘛！你要考慮埋啲特殊情況㗎，而家我個仔整親喇！

我：咁嗰度係用嚟坐嘅……我哋都冇諗過你個仔會咁用呀……

佢：都講明特殊情況囉。細路好動百厭其實都唔係啲咩大新聞啦，好平常咋嘛！即係你哋做診所嘅，可唔可以畀多啲細心出嚟呀？你哋大人成年人嚟㗎嘛！唔係淨係諗自己㗎嘛！

我：哦。

佢：你唔好哦啦！你哦代表咩啫？而家塊玻璃整到我個仔喇，你話點喇？

我：不如你一陣入去同醫生反映吖～始終佢先係老闆，你同我講，我都改變唔到啲咩～話事嗰個係醫生呀。

佢冇出聲，行返埋去坐，由佢入醫生房，直到離開醫生房，佢都冇提過一句關於玻璃嘅事。

咦？先生，你有善忘症喎？  3.4K

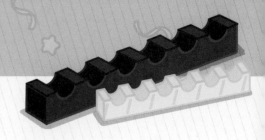

| case | symptom | 村代表 |
|------|---------|--------|
| #29  | remark  |        |

有日有班人浩浩蕩蕩咁入到嚟診所。

其中一位女士行埋嚟問我：係咪可以睇醫生㗎？

我：係呀，麻煩畀身份證我登記吖。

佢：身份證呀？係咪呢張呀？

我：係呀。

佢望望診金收費告示，拎出 $300：係咪而家畀咗先呀？

我：哦？我哋係睇完先收錢嘅，登記完㗎喇，你坐低等嗌名得㗎喇。

佢哋成班人行埋去坐低……你一句我一句，個個唔知做咩一定要擘大晒喉嚨喺度傾偈。

我：小姐，可以入去見醫生喇。

冇人理我，因為佢哋成班人太大聲。

我再大聲啲：小姐！可以入去喇！

小姐聽到了：係！好！

佢一個企起身，成班人又跟住企起身。

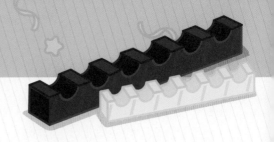

眾人：入去咯，入得去咯，見醫生咯～

我攔住佢哋：小姐你一個入去睇就得喇，做咩事要成十幾個人入去呀？醫生房冇咁多地方呀，你唔鍾意自己一個嘅，可以搵多一個陪你入去呀～十幾個真係入唔晒㗎。

其他人又你一句我一句起哄。

佢：佢哋都要見醫生㗎。

我：登記嘅係你一個咋喎？佢哋要睇嘅，我都要同佢哋登記呀。

佢：我一個登記做代表得啦，佢哋問嘢咋嘛，要藥嘅話，你先再計落我度啦！

我：唔得㗎，我哋係一個還一個睇㗎，唔可以一次過睇咁多個，一次過睇兩個都唔得，你登記就你睇，唔可以你一個人登記就成村人睇㗎，你明唔明呀？

佢：咁佢哋問嘢都唔得㗎？

我：佢哋問自己嘅嘢嘅話，都要登記呀，冇得咁樣入去問嘢㗎。

佢：哇，咁咪逐個畀 $300？

大家又起哄了。

我：係呀，一個還一個嘛。

佢：咁我自己睇先啦，佢哋入去唔出聲得唔得呀？

畀你哋成村人入得去嘅，你哋仲會唔出聲咩？你真係當我傻㗎？

我：你自己一個入去睇，其他人全部同我坐喺度。

最後小姐一個人入咗去睇醫生，其他人全部眼超超喺度起哄……
嘈咩啫～係唔畀你哋博懵㗎喇～ ♥ 7.1K

| case | symptom | 傷人心的說話 |
|---|---|---|
| #30 | remark | |

有日一個婆婆帶住個十幾歲孫嚟睇醫生，孫仔高高大大企喺婆婆身邊，顯得婆婆格外嬌小。

喺佢哋入嚟時，坐喺門口邊嘅一個媽媽已經留意到婆婆並講：哇！咩味呀？

從婆婆嘅裝扮，我推測佢應該係喺街市過嚟嘅～

婆婆行埋嚟登記處：我個孫要睇醫生呀，佢今日返唔到學。

我：好呀，有冇帶身份證明文件呀？

婆婆同孫講：畀身份證人啦。

登記後，我：坐坐先呀～到你哋會嗌名呀。

婆婆：佢有啲感冒有啲咳，咳起嚟會有兩聲痰，佢要假紙呀，要交返畀學校。

我：一陣入去同醫生講就得㗎喇～

婆婆：我要去返工呀，我都係走出嚟帶佢嚟睇醫生咋……

我：好呀，冇問題呀，咁我寫低畀醫生睇啦～仲有冇其他？

婆婆望住孫：冇喇可？你一個得唔得呀？

孫仔點點頭。

婆婆：睇完記得喺度食藥，食完就返屋企瞓喇，有冇水呀？冇嘅我去買枝畀你吖。

我：我哋有水畀佢呀～

婆婆同孫講：咁我走喇，去返工喇。


婆婆離開診所後，孫仔自己一個塞住耳筒坐喺一邊。


頭先坐喺門口旁嘅媽媽就嗌我：姑娘！

我：咩事呀？

佢：你拎啲嘢出嚟消毒下呀！

我：嗯？做乜事呀？

佢：頭先嗰個人對鞋好鬼核突，又腥又臭咁，好多菌㗎，你嚟拖下揢地啦！


我拎住地拖行出去，我一路拖，媽媽就一路講：我都唔明，點解可以有人咁污糟核突，咁核突就唔好周街走啦，害人害物，拖埋呢度呀，頭先佢對鞋你有冇睇到呀？

我：太太，我已經拖完地喇，冇咩嘅我返入去喇～

佢望望地下：OK 啦，都乾淨喇。

我：地污糟咗可以抹乾淨，講出嚟嘅說話傷害咗人就冇得補㗎喇。

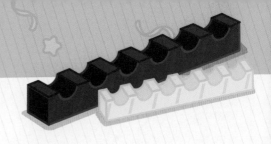

太太黑面冇出聲。

有時污糟嘅唔係表面，而係人心呀。  4.3K

# 最後我被投訴亦成功得到一次口頭警告 # 我把口只用嚟食好了

———— comments ————

Bonnie Ng
冇人係街市做，你邊有菜、魚、肉食呀？

Celia Suen
你有冇順便拖埋佢個嘴呀？

珍寶豬
唔好害個地拖～

#31-60
診所低能奇觀5
FUNNY + CLINIC

| case | symptom | 哪來的自信 |
|------|---------|-----------|
| #31  | remark  |           |

✏️ 有日，兩位小姐一齊嚟到診所登記睇醫生。

登記後，佢哋坐埋一邊開始邊傾偈邊等睇醫生……但係就唔知點解佢哋講嘢要咁大聲～而我又真係好鍾意偷聽人講嘢。

A 小姐：唉，真係煩呀！

B 小姐：咩呀？

A 小姐：而家啲男人都唔知咩料！

B 小姐：做咩啫？

A 小姐：我溝得佢即係界面佢啫，佢就走去 Flirt 我同事！

B 小姐：你唔係拍緊拖咩？

A 小姐：呢個有樓㖭？

B 小姐：佢都應該唔冧你呀？佢冧你同事呀應該？

A 小姐冷笑一下：佢之前咩都會同我講㗎，連佢 Ex 啲嘢都會同我講。

B 小姐：傾偈咋？朋友咁傾呀？

A 小姐：如果佢真係當我朋友嘅，佢唔會同我講咁多嘢啦，佢唔好意思講佢對我有意思咋嘛，我知㗎，佢覺得我呢啲咁好嘅女仔唔會鍾意佢。

B 小姐：你點解覺得佢鍾意你呀？

A 小姐：佢會同我傾偈囉！

咦，仆街喇，頭先我都有同 A 小姐講嘢㗎，佢會唔會以為我都睇中佢㗎？我一日同百幾個病人講嘢～真係輪住上都精盡人亡。

B 小姐無語了。

A 小姐：我哋同事之間出去玩呢，佢就問我另一個同事去唔去，即係點啫，無啦啦加個第三者入嚟做咩啫？

A 小姐繼續：我要溝嘅仔點會溝唔到先得㗎？

我嗌 A 小姐：小姐，可以入去睇醫生喇。

A 小姐企起身同 B 小姐講：如果我要溝，醫生我都溝到呀！

醫生，你又要俾人勾引啦～

我忍唔住出聲：唔好意思呀小姐，醫生佢有老婆㗎喇～

A 小姐望住我：有老婆又點呀？我夠有男朋友咯！結婚都可以離婚啦！

其實小姐你今日係咪冇照鏡？  5K

| case | symptom | 埋嚟睇埋嚟睇 |
|------|---------|-------------|
| #32 | remark | |

✐ 有位女士登記完之後去咗洗手間～冇耐之後，電話響起。

我：你好，乜乜診所～

佢：我係頭先話去廁所嗰個呀，你可唔可以嚟廁所幫幫我呀？

我：冇廁紙呀？

佢：唔係呀～

我：咁咩事呀？

佢：有啲嘢我睇唔到，要你幫我睇呀。

廁所有咩好睇？

我：睇啲咩呀？

佢：我去完廁所覺得有條縮返入去呀！

我深呼吸：有條咩呀？

佢：便便呀，你過嚟幫我睇下係咪吖，我唔介意你撥開嚟睇呀。

我介意。我介意。我介意。而且「撥」字唔係咁合適，應該用「挖」……

我：我唔睇㗎～你一陣問醫生啦。

佢：我而家 Hold 住咗個姿勢喎，我怕佢縮返上去呀，縮到上個胃度點算呀？你哋個廁所唔係咁好屙呀，唔係咁夾我。

嘔返佢出嚟囉。

我：唔會㗎～你放心啦～你清潔好就返嚟啦。

佢：你真係唔可以過嚟幫我睇呀？我唔介意你睇呀。

都話我介意咯……

我：我淨係負責登記㗎咋～有咩問題一陣問醫生啦。

佢：我仲諗住你可以幫輕下醫生添……

我成日幫佢頂晒呢啲怪嘢，

都幫輕咗㗎喇～

😭 3.8K

| case | symptom | 失戀 |
|------|---------|------|
| #33 | remark | |

有日，診所冇咩人，我喺度執下文書嘢……

一位女士嚟到診所。

佢用沙啞到近乎冇聲嘅聲嗌我：姑娘？

我：係？

佢用盡力開聲，好努力咁講：我……想……

我：你係咪好辛苦呀？不如你用電話打字畀我睇或者寫畀我呀？唔使急，慢慢都得。

佢突然企喺度喊咗出嚟，啲眼淚湧晒出嚟……

我遞上紙巾：做咩事呀？你行去坐低先啦，我轉頭出嚟，你行唔行到過去？

佢拎住紙巾點頭。

我執埋啲手尾行出去，見到佢仍然低頭喊緊。

我行埋去坐低：你點呀？要唔要飲水？斟杯畀你？

佢擰擰頭。

我：嗯～你有需要就話我知，你想講都可以講我知。

佢用電話輸入文字：你唔使做嘢？

我：都冇其他病人，你俾我坐喺度睇下電視啦～

佢同我一齊抬頭睇電視，就咁過咗十分鐘左右，佢又突然喊起上嚟……佢似乎覺得入嚟淨坐淨喊唔睇醫生非常唔好意思。

佢用電話輸入文字：對唔住，搞到你，我係想睇醫生。

我：醫生喺入面嘅，佢都好得閒，你覺得 OK 嗰陣先睇都得，唔急呀。

佢用電話輸入文字：我唔開心。

我：我知，你講唔講得畀我知你唔開心啲乜？

佢輸入咗兩隻字：失戀。

再輸入：我已經喊咗兩日。

我：你有冇食嘢？想唔想食零食呀？熱浪？吖！唔得喎，你失聲喎，食完仲火辣辣。糖呢？朱古力呢？我有好好好多喎，唔食嘢會冇力㗎！

佢冇出聲。

我：唔出聲當你食！

講完就行返入去拎零食。

我拎住零食：食啲吖～好嘢㗎！

佢勉強笑笑點頭。

我：傻妹，唔想笑可以唔笑，你想繼續喊都可以，唔好勉強自己。

佢用電話輸入文字：醫生會唔會覺得我詐病呃假紙？

我：醫生唔係神醫，唔會一眼睇穿你有咩事，你講畀佢知你感覺點，邊度唔舒服，直接講就得。

佢用電話輸入文字：我咁樣會唔會唔算病？

我：有冇病就等醫生診斷啦，你直接講出你嘅感覺就可以喇，唔好收埋收埋。香港地其實都幾好，有好多專業嘅人士都可以幫到你，最緊要你肯求醫。

佢拎出身份證，用手勢示意 OK。

我：咁你食住等嗌名，我入去嗌醒醫生！

診症後，醫生都開咗開聲藥同病假紙畀佢，同時都寫咗轉介信去精神科。

離開前，佢用電話輸入文字「多謝」並緊緊抱住我……畀佢嘅零食。

其實係我要多謝你願意講我聽願意嚟睇醫生，多謝你畀自己另一條出路。 👍 8.8K

---
*comments*

**Dora Wong**
其實情緒病求醫，醫生姑娘會好樂意幫，只要你肯畀機會自己，畀機會人哋去幫你。利申，攞過轉介信。

**Hidi Chan**
錯重點：「我入去嗌醒醫生」唔好意思，睇到呢句我笑咗……腦海出現醫生瞓到流口水嘅樣～

| case | symptom | 成名有望 |
|------|---------|---------|
| #34 | remark | |

有位女士入到嚟見到我，就問我：你喺度做乜呀？

我抬頭望：吓？

佢：我問你喺度做乜呀？

死火喇！我點答先會唔俾佢發現我係低能？

我：返工呀……

佢：你做嘢咁唔專心嘅？

我唔知講乜好……

佢繼續：你唔好帶埋你啲私人情緒返工呀！

乜嘢私人情緒呀，有冇人話到畀我知……點解佢一入嚟就隊我呀？

佢再繼續：你眼瞓冇精神就返屋企瞓！唔好將你個衰樣帶出嚟見人！我唔使受你㗎！

我對眼唔精靈啫……你唔使兜個圈話我對眼細嘅～

佢又再繼續：你做得嘢未呀？

我：我一直都做緊⋯⋯喎？

佢飛張覆診卡畀我，繼續金睛屎眼望住我：做啦，唔好再俾我見到你唔專心做嘢，有乜事你出硬名，你玩唔起㗎！

我可唔可以返屋企瞓覺？　👍 5.4K

| case | symptom | |
|------|---------|---|
| #35 | remark | 抽 血 |

有日有位女士嚟到診所做身體檢查～入到醫生房……

佢問醫生：醫生呀？痛唔痛㗎？

醫生：會有少少痛嘅，忍一忍就 OK 啦。

佢：有冇啲無痛抽血㗎？

有呀，抽血嗰度唔會痛，會轉移咗去第二度痛，想唔想試下？

醫生笑笑：冇嘅，會有少少痛，一陣抽血嗰時你試下望去第二度。

佢望住醫生準備入針，對眼碌到大一大，眼珠就爆出嚟咁望住。

醫生：你放鬆少少，望去第二度啦。

佢繼續金睛火眼：醫生呀～

醫生停低：咩事呀？

佢高聲叫：入啦入啦入啦，唔好停！

醫生笑笑繼續。

佢：啊啊啊！我見到呀我見到呀！出血喇！

你唔好咁啦好冇，出面啲病人會以為醫生做緊啲唔知咩……

佢大嗌：醫生！！！！！

醫生好大壓力：你望去第二邊啦，唔好望住啦……

佢好有節奏咁：啊啊啊啊啊啊！！！！！！

幾經辛苦終於抽完血，佢望望嗰幾小筒血，問醫生：醫生呀？你抽咗我咁多血嘅？

醫生：呢度唔算多㗎啦～

佢摸摸自己塊面：我覺得我塊面凹咗喇，我可以食咩補返啲血呀？

咁易凹？

醫生：……轉頭出去飲杯水啦。

佢再摸摸自己塊面嘟起個咀：我想再凹啲，可唔可以再抽多少少呀？

醫生：……

佢：我想再瘦啲呀醫生，我而家唔怕痛㗎喇，你幫我抽多啲吖～

醫生望望我。

你望住我做咩呀？

醫生：抽血唔會瘦，如果得嘅，姑娘就會咁啦。

女士望向我……

我握緊拳頭，微笑點頭。

醫生，你咁講嘢，我下次唔幫你頂住啲騎呢怪呀！我放晒佢哋入嚟咬你！ 🖤 5.1K

| case | symptom | 他不是醫生 |
|---|---|---|
| #36 | remark | |

有日，一早返到診所準備開工，正喺度同清潔姐姐傾閒偈，有位先生衝入嚟診所。

我行出去：早晨，醫生未返嘅～

佢：唔係樣樣嘢少少嘢都要搵醫生呀嘛？

我：咁你搵邊個？

佢：我後面裂開咗呀，你嚟幫幫手呀，我趕時間返工㗎！

一朝早請我食西樵大餅，唔好啦，我仲未食早餐呀，我仲想嗌外賣㗎……

我：Er……呢啲等醫生睇啦，我唔識睇㗎……

佢：女人之家縫條褲都唔識呀？

妖！爆咗呀嘛？爆咗入診所做乜呀？去街市搵「神之補手」貞姐吖嘛！

我：呢度診所嚟㗎喎？

佢：救急扶貧濟世為懷醫者父母心係咪你工作先？

我發覺呢份工真係好難做，救急扶貧就羅賓漢嘅，濟世為懷就係

濟公，醫者父母心……我冇牌你唔介意㗎可？

我：但係我冇針線喺度喎……

佢發慌了：咁我點呀？

我：一係我借住件醫生袍畀你先，你返屋企換褲啦。

佢：我都話我趕時間返工咯！

我：咁你著住返公司，之後再去買褲換啦。

佢思考咗十秒：好啦好啦，拎嚟啦！

我拎咗件純情大白袍畀佢，佢一著，望一望佢自己個造型不禁讚嘆自己。

佢：你係咪玩我呀？成個衣冠禽獸咁，有冇第二件呀？

我：遮得到嘅，係得呢件咋……

我繼續力推：其實都唔係咁差啫，你外形夠高大，著起嚟剛剛好突顯咗你嘅高大身形～幾型吖，白色今年興呀～

清潔姐姐看在眼內，匿喺後面偷笑……

佢：有冇鏡呀？

我拎出我塊小鏡，照住佢個樣：好靚仔吖！冇問題喎！再照就趕唔切返工喫喇～

著住醫生袍嘅佢，如風一樣的跑走，風起袍起……就好似一個趕住去救急扶貧濟世為懷為市民為生命而奔波一樣嘅醫生～

清潔姐姐，你笑乜啫，你笑咗好耐喇喂！我都係想幫佢咋嘛～

👍 5.6K

| case | symptom | 加與滅 |
|------|---------|--------|
| #37 | remark | |

新一年，樣樣都加價，只係得我人工冇加……

有位太太嚟到診所望望我哋嘅加價告示。

佢：噴，又加？加完冇耐咋喎？

如果過咗一年算係冇耐嘅，咁都係冇耐嘅。

佢望住我講：我都係熟客呀，一年都嚟兩三次㗎！

一年兩三次都算熟客？咁一個月嚟兩三次嗰班咪熟到骨都化……

我：嗯？

佢：你哋下年仲加唔加價呀？

我：呢層……我都唔知呀，冇咁快決定呀～醫生話事嘅。

佢：噴，我可唔可以擺低嚿錢喺度呀？

幾大嚿呀？益我嘛？入落我嘅零食基金嗎？

我：咩錢呀？

佢：哎，其實都應該唔使擺，你認住我 Mark 住我，以後我就係收嗰個價咪得囉？

點解呢太太？醫生同你有咩不可告人嘅關係呀？

我：我唔係好明……

佢：即係以後唔畀加我價！

Why, why, tell me why？

我：我哋加價嘅話，係劃一呀～就算係長者都會加。

佢：所以我咪叫你唔好加我囉！

我：點解個個都加價就淨係唔加你價呢？

佢：熟客囉！

我：呢方面我話唔到事嘅，不如你睇醫生嗰時自己親自問醫生啦？

佢：你當我傻嘅咩，醫生唔貪錢又點會加我哋價呀，佢加埋加埋有冇益你呀？

冇呀，我一蚊人工都冇加呀。

111

佢繼續講：收少我幾十蚊都唔覺㗎啦！

我：我收少你錢唔單只冇益我，仲要我自己賠錢喎？

佢：邊會呀？你自己造好條數咪得囉！

太太，你冇嘢呀嘛？你咁樣即係叫我穿櫃桶底咋喎？

我：咁樣呢，就係偷竊……你呢～就係指使我教唆我。都一樣係犯法嘅。

佢：邊會呀？你唔好誇大件事啦，我叫你收少我幾十蚊咋嘛，邊有犯法呀，幾十蚊算咩犯法？

我：我自己收多你幾十蚊又得唔得先？

佢：梗係唔得啦！我報警拉你呀！你呃我錢！

太太，你個腦嘅構造真係好特別。 ❤ 4.3K

| case | symptom | 公仔麵 |
|------|---------|--------|
| #38 | remark | |

電話響起～


我：你好～乜乜診所。

對方好似係一位媽媽：我個仔有條公仔麵喺度呀！


公仔麵嘛？滾水煮佢三分鐘，加啲味粉，趁熱食呀～


我：咩嘢公仔麵呀……

佢大叫：好似公仔麵咁嘅嘢呀！

我：你係咪指蟲呀？

佢：蟲？邊有咁長呀？


唔通你個仔食完公仔麵，條麵經過胃同腸嘅加持之後，賜予生命咩～


我：你帶佢嚟睇醫生啦～

佢：咁條公仔麵點算呀？

我：你喺邊度發現呀？

佢：屎呀！

我：咁沖咗佢啦～

佢：喺地下喎！

你個仔急成咁？！

我：咁執咗佢沖咗佢……

佢：我唔要呀！

我：咁一係叫阿仔自己執咗佢沖咗佢囉……

佢：姑娘你係咪玩我呀？我個仔 Poodle 嚟㗎喎，點識自己執屎呀？

你係咪玩我呀？呢度西醫嚟㗎喎。

我：我哋呢度西醫嚟……

佢：咁我點算呀？

我：帶佢去獸醫度杜蟲啦～

佢：我係問條公仔麵點算呀？

我：畀啲勇氣～

佢：用殺蟲水得唔得呀？

我：你要睇清楚枝殺蟲水對狗有冇害先，或者安置咗隻狗去第二度先。

佢：啊！我好驚呀！

我：唔使驚～公仔麵咋嘛，平時成日都食啦！

佢：我唔再食呀！

嘟。

愛真的需要勇氣，來面對那……公仔麵。 😭 3.6K

―――― comments ――――

Yvonne Tse
佢隻 Poodle 有 Noodle ～

Stacy Lam
點解會有人用公仔麵去形容條蟲……
教我以後如何面對公仔麵……

| case #39 | symptom | 有口難言 |
| | remark | |

有日出完藥～收埋錢～

病人問我：姑娘呀，我有少少嘢想問……

何解頭先大大個生勾勾醫生喺度你唔問嘅？

我：係咪關於病嘅嘢？係嘅你坐坐先，轉頭畀你入去再問問醫生吖？

佢：唔係呀，係愛情上嘅嘢。

我個樣似白韻琴嗎？

我：吓？咩嘢愛情嘢呀？

佢：我最近就拍拖嘅……

我：嗯？

佢：咁都有做過……

我：嗯？

佢：我之前未試過嘅……

你可唔可以一次過講晒？我想聽咸故呀喂～～

心急的我：跟住呢？

佢：係咪個個屁股都有陣味㗎？

說好的咸故呢？說好的愛情呢？還返畀我呀！

我：吓，洗乾淨咪得囉⋯⋯

佢：我點開口叫佢洗乾淨啲條屁股罅呀？

我：⋯⋯

我真係唔知點答好⋯⋯對唔住～我諗你都係問返白姐姐好啲！

4.8K

我仲尷尬呀⋯⋯

好尷尬㗎嘛～

| case | symptom | BB冇便便 |
|------|---------|---------|
| #40 | remark | |

電話響起～

我：你好，乜乜診所。

佢：姑娘早晨呀，我問啲嘢得㗎嘛？你個電話係拎嚟畀我哋呢啲有急切需要嘅病人問嘢㗎嘛？我問㗎喇。

你講晒得啦，你都自問自答完咯？

我：嗯？請問咩事呢？

佢：我個 BB 唔屙屎可以點呀？

我：帶佢嚟畀醫生睇睇啦。

佢：BB 唔屙幾多日屎先會有問題㗎？

我：小朋友正常係日日都屙嘅～所以最好帶佢嚟畀醫生睇睇啦。

佢：如果成個星期都冇屙屎係咪好大件事㗎喇？會唔會死㗎？

係咪我答「啊，冇嘢嘅，死唔去㗎，好小事咋嘛～」咁你會覺得好安心舒服？

我：成個星期好有問題㗎喇，你咁大個人成個星期冇得去廁所，你都唔舒服啦，何況小朋友？帶佢嚟啦。

佢：吓……真係㗎？點解無啦啦會咁㗎……

我真係講到好悶：帶佢嚟啦⋯⋯

佢：我唔知佢肯唔肯嚟呀⋯⋯

咩呀⋯⋯帶個 BB 嚟睇醫生都要問咗個 BB 先㗎？

我：小朋友幾大呀？

佢：今年呀？

係呀，唔通問你 N 年前呀？

我：係呀，而家幾大呀？

佢：今年年尾就三十六喇，同屙唔到屎有關係㗎？

B 你老⋯⋯

我：咁大個人嘅，自己嚟睇醫生啦。

佢：我唔知 BB 肯唔肯嚟睇醫生呀⋯⋯我諗下點同佢講先呀，唔該。

嘟。

B 你個死人頭。 ❤ 6.1K

| case | symptom | 偽留言信箱 |
|------|---------|-----------|
| #41  | remark  |           |

電話響起～

我：喂，你好～乜乜診所。

對方：你好呀。

我：你好～呢度係乜乜診所，有乜幫到你？

佢：你好啦！

我係咪要答：I am fine, thank you？

我：請問有咩幫到你呀？

佢：你係邊個呀？

我：呢度係診所，我係呢度嘅診所助理。

佢：我打嚟診所你做咩聽電話呀？

唔係你想邊個聽呀？你打去 1823 唔通特首聽你電話啦喎？係嘅話，佢聽到耳仔都流膿啦～

我：先生請問有啲咩事呢？呢個電話位係我負責嘅，得我聽～

佢：你嗌醫生嚟聽啦，九唔搭八，你聽有咩用呀？

我：如果你要睇醫生嘅，可以直接嚟到診所，我哋診症時間係 8

點至 1 點，3 點至 8 點。

佢：我打電話嚟唔係睇醫生呀，廢柴，嗌醫生嚟聽呀，唔好搵啲廢柴嚟 Hea 我呀！

我：我哋診症時間係 8 點至 1 點，3 點至 8 點。

佢：嗌醫生嚟呀！

我：我哋診症時間係 8 點至 1 點，3 點至 8 點。

佢停頓了。

再細細聲：醫生？

我：我哋診症時間係 8 點至 1 點，3 點至 8 點。

佢好細聲：我入咗留言咩？仆街囉⋯⋯咪錄 9 晒？

嘟。

放心冇錄到聲音檔，不過我已經用文字幫你記錄咗喇，嘻嘻～

 3.8K

| case | symptom | 出色的男人 |
|------|---------|-----------|
| #42  | remark  |           |

有日有位先生拎完藥，佢哄埋嚟同我講：我哋算唔算熟呀？

睇過兩次，熟條 Banana 呀？

我：唔算呀。

佢：如果我有啲嘢想搵你幫手，你會唔會幫我呀？

唔會呀。

我：咩事呢？

佢：你可唔可以入藥房執幾劑畀我呀？

執你一劑就得，免費醒你嘅。

我：唔好意思呀先生，你手上咪有袋藥囉？

佢：我知呀，但係我想執多幾劑畀我太太，你唔好太在意太太呢個字。

點可以唔在意呢～如果俾你老婆知道自己老公喺診所做啲咁戇豬嘅事，你話點好？

我：可以叫你太太嚟睇醫生呀。

佢：我其實係想畀個驚喜佢，送啲藥畀佢。

啊，即係啲咩嘢生日咩嘢紀念日就送袋藥畀佢，叫佢好好接受治療唔好放棄準時食藥咁呀？你之前有冇試過呀？如果有嘅，點解你仲可以生勾勾同我講嘢嘅？

我：呢啲驚喜⋯⋯唔好玩啦⋯⋯

佢：你是但執幾劑得㗎喇～

我：我哋啲藥係醫生開嘅，一定要病人嚟睇醫生先會有藥拎嘅，所以我冇得隨便畀你呀。

佢：幾包喉糖都要醫生開？

我：幾粒維他命糖都要。

佢：哇，好孤寒喎！

想唔孤寒呀？自己去啲連鎖藥房買維他命糖囉，成大樽呀，食一粒打你一下，你等住變肉醬啦。

我笑笑冇出聲。

佢繼續問：其實你係咪怪我有太太？所以專登留難我唔畀我咋？

你都痴L線。好似你咁出色嘅男人，係得你老婆先會欣賞你㗎咋，好好珍惜你老婆。

我繼續唔出聲，佢帶住自 High 既落寞嘅背影離開診所……

❤ 5.2K

老婆～又有免費藥食～

| case | symptom | 應定唔應 |
|------|---------|---------|
| #43  | remark  |         |

✏️ 電話響起～

我：你好，乜乜診所。

佢：姑娘呀？醫生喺唔喺度呀？

我：喺呀～你 7 點前嚟到都有得睇醫生呀。

佢：嗌佢嚟。

又一個以為醫生會聽電話嘅高人嗎？

我：醫生唔接電話呀，有咩都要親身嚟見醫生嘅，7 點前嚟到就可以㗎喇。

佢：你係醫生咩？

我：我唔係醫生～

佢：咁你出咩聲啫，我又唔係問你嘢，我搵醫生咋嘛，你唔係醫生唔好出聲啦！

我：……

佢：嗌醫生嚟啦。

我：……

佢：喂？喂？喂？醫生？

我：……

佢：喂？聽唔聽到？家居電話都會收唔到㗎咩？喂？有冇人呀？

我係人啦嘛？我可以出聲啦嘛？

我：係～有人～

佢：醫生呢？

我：醫生唔會聽電話嘅～或者你有咩問題嘅話我知，我幫你同醫生講，不過佢而家睇緊症，我可以轉頭問完再覆你嘅～

佢：你唔嗌佢嚟聽嘅，你唔好出聲，我唔想再聽到你講廢話！

哦，好呀，我哋又繼續無聲通話囉。

佢等咗十幾秒：喂？喂？喂？有冇醫生聽到呀？

喂？喂？有冇搞錯呀？咁樣對病人嘅？

喂？喂！係咪死咗都出句聲呀？

喂！好喇喎，我去醫委會投訴你㗎醫生！

好呀，年中都唔知有幾多人去醫委會投訴埋啲無謂嘢～多你一個真係唔係好覺眼㗎咋～

佢：喂！有冇人呀？定係全部死晒喇？

過兩秒：妖！黐線㗎！可以應都唔應人！

嘟。佢收線了。

我都係尊重你咋，我應你你又唔歡喜～冇人應你又唔喜歡～好難觸摸呀～ ♥ 6.1K

| case | symptom | 江湖救急 |
|------|---------|----------|
| #44 | remark | |

有日一位小姐嚟到診所～

佢問我：姑娘呀？你記唔記得我呀？

我：唔記得。

佢：吓？我成日嚟睇㗎喎？

我：哦？係呀？係咪睇醫生呀？係嘅同你登記吖～

佢：入得嚟一定要係睇醫生㗎咩？

唔睇醫生入嚟做咩呀？打邊爐呀？幾位呀？要唔要豉油呀？

我：咁……小姐你有咩事呢？

佢：我想問你借幾十蚊搭車。

幾十蚊搭咩車呀？

佢見到呆咗嘅我：你唔好話你冇帶銀包咁老土呀？

我：咁又唔係～我喺度諗緊點解你會入嚟借車錢啫……

佢：冇錢咪要借囉！

我：你想借幾多呀？

佢：八九十啦，你有 $100 畀就 $100 我啦，唔使找喇。

唔使找⋯⋯你找畀我呀？

我：你去邊呀？

佢反白眼：姑娘呀？

我：嗯？

佢：我借你少少錢係咪就要俾你查家宅咁㗎？

我：我想睇下你搭車去邊要八九十蚊車錢嘛⋯⋯

佢：OK Fine，你喺我啲診金扣得唔得呀？

我：平時我哋睇一次就收一次錢嘅，冇預支點扣呢？

佢：咁下次我嚟睇畀返你得唔得呀？

我：你覆診卡號碼係？或者你畀畀身份證號碼我呀，我 Check 返你排版～

佢：身份證？你當我呃你呀？

我：咁我都要 Mark 返低，你下次嚟睇我先可以收返你㗎嘛～

佢：我覺得呢啲算係我私隱。

我：你不如返屋企拎錢啦～我仲要做嘢㗎小姐。

佢：你唔畀我呀？

我：我連你係邊個都唔知，我真係借唔落手呀⋯⋯

佢：我以後唔會嚟睇㗎喇，你做姑娘都冇同理心，你有冇諗過可能我等緊你嗰啲錢救命？

急症室而家都要 $180，八九十救到你咩命？

我：你不如坦白啲講你要啲錢嚟做咩啦？

佢諗兩諗，終於食咗個誠實豆沙包：我想去隔籬買包煙，我張八達通負咗錢。

我會幫你，幫你戒煙～成功戒到年中慳唔少錢呀！

我冇再理佢。

佢邊講「好囉，以後唔嚟囉，啲人見死不救，我仲唔唱衰你咩？」離開診所。

一個唔小心又做咗衰人～真係唔好意思～  4.8K

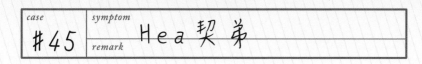

| case | symptom | Hea 契弟 |
|------|---------|---------|
| #45 | remark | |

有日有位小姐嚟到～

佢問我：你哋睇女人㗎嘛？

呢個世界得男同女，我哋醫生唔能夠咁樣揀客呀～咁都揀嘅會食屎過世的。

我：睇呀，你畀身份證我，我同你登記吖。

佢：Period 問題睇㗎嘛？

我：睇呀。

佢：出唔到大便睇㗎嘛？

你前又有事，後又有事，好陰公喎。

我：睇呀。

佢：你唔使問咩事就知一定睇到㗎嘩？

睇咋嘛，睇咗先冇死呀～搞唔掂咪去專科囉？

我：我淨係負責登記㗎咋。

佢：咁就可以唔使理我哋呢啲人係生係死㗎？

小姐，你企得喺度咁好中氣D7我，盲嘅都知你好生勾勾好活潑啦。

我：病況嗰啲你同醫生講得㗎喇～入房傾冇其他人聽到，都係保障你私隱嘛。

佢：你懶就懶啦，而家都冇其他人喺度。真係請你返嚟登記咩？

我拎返份工作合約出嚟睇，除咗請我返嚟登記，仲有聽電話同少量清潔囉？醫生！唔包應付你班客啲傻豬問題喎！而家點計先？

我笑笑：咁小姐你睇唔睇醫生㗎？睇就同你登記啦～

佢：你清楚咗我情況先啦好冇呀？你做嘢唔好咁 Hea 啦！

返工唔 Hea，返嚟幹什麼？

我：請問小姐你係咩事嚟睇醫生呀？

佢：我留意咗自己好耐㗎喇。

嗯，即係自戀咗好耐。

佢：我一 Period 嚟，就去唔到廁所㗎喇，次次都係咁！

我：哦～好呀，一陣講畀醫生知，等醫生幫你診症呀。

佢：你唔使知我係咪得一條喉用㗎？

咩喉呀又……

我：吓？醫生會同你檢查㗎喇～你畀我登記得㗎喇～

佢：姑娘，你咁做姑娘真係好唔得，你係醫生嘅助手嚟，你都咁Hea，我想像唔到個醫生係點，佢而家係咪喺入面瞓緊覺？我哋講咗咁耐契弟都冇個出嚟招呼我？

冇冇冇冇冇瞓，最多釣緊魚啫！而且小姐，我咪係招呼緊你嗰個契弟囉……

我：不如我同你登記先啦好冇呀？再咁講落去，我哋就會收工㗎喇……

佢：收工？幾點呀？

我：7點呀，而家都就快夠鐘㗎喇。

佢：我老母煮咗我飯，我轉頭再嚟。

「蕉」一聲，咁有孝心嘅小姐就離開診所了。

轉頭再嚟？我哋鎖門返屋企瞓覺喇～ ♥ 5.7K

133

| case | symptom | |
|---|---|---|
| #46 | remark | 愛靚唔愛命 |

一位女士嚟到診所。

行到嚟登記處問我：係咪有食肉菌打呀？

咁重口味？

我：你係咪想講肉毒桿菌呀？我哋冇㗎～

佢：唔係呀，我要食肉菌呀！

我：你知唔知食肉菌係咩嚟㗎……

佢：我知呀好清楚㗎。

我：咁你打嚟做乜呀……

佢：瘦面呀，呢啲位呢啲位會瘦啲～

我：你講嗰隻應該係肉毒桿菌呀，你去了解清楚自己想打啲乜先呀～我哋診所冇呢樣嘢嘅，你可以去睇下有邊啲診所有嘅，到時再向醫生諮詢都得呀～呢啲了解清楚好啲呀～

佢：我好清楚明白自己要啲乜，係你唔識啫！

講完佢就走了。

你肯定你知自己要嘅係咩？你想自殺都唔係咁搵我哋嚟搞呀……去街市搵阿魚阿蝦可能幫到你呀～ 😈 5.6K

| case | symptom | 敏 感 |
|------|---------|-------|
| #47 | remark | |

有位女士嚟到診所行埋嚟登記處。

佢問我：姑娘？有嘢想請教。

我抬頭：嗯？

佢：我咁啱行過，唔係專登過嚟，係咁二問下咋。

我：嗯？咩事呢？

佢左擰右擰：有冇辦法可以降低個敏感度呀？

我：你係咪指致敏源呀？要 Check 下你對咩敏感先呀？

佢：唔係呀～

我：咁乜嘢敏感度呀？

佢擘大個口，用手指指住個口。

我：做咩呀？喉嚨？

佢：敏感呀。

我：個口敏感？畀醫生睇下啦～

佢發晒矛：唔係呀，我咪話要降低個口嘅敏感度囉。

我：個口敏感度？點解要咁做呀？

佢搣咗兩下手：哎，冇嘢喇！

佢細細聲掉低句「咁鬼蠢嘅」，就離開咗診所。

個口點敏感法呀？做啲咩要降低個敏感度呀？你個高潮位喺個口度呀？掂下就唱《忐忑》喇？

| case | symptom | 你的家居寶 |
|------|---------|-----------|
| #48 | remark | |

✎ 電話響起～

我：喂～你好，乜乜診所。

佢：我樓下間診所呀可？

我：我哋係乜乜診所。

佢：你知我住邊呀可？有 Record 吖嘛？

小姐，我連你乜水係貴姓都唔知⋯⋯

我：或者你介唔介意講個覆診卡號碼畀我知先？

佢：唔記得呀。

我：身份證號碼呢？

佢：XXXXXX。

我輸入資料，小姐排版已準備好：係～搵到，有咩事呢？

佢：你知我住邊㗎嘛？個地址係咪邊度幾樓幾室？

我：係呀～有咩事呢？

佢：你同我上去呀。

我：吓？做咩呀？

佢：我去緊機場呀，我要去旅行呀。

我：咁點呀？

一路順風，玩得開心啲呀～

佢：我好似唔記得熄廁所燈呀。

哦？係呀，咁好唔環保好嘥電啊，因住蔣志光嚟揢你～

我：嗯？咁……
佢：你知我住邊㗎嘛，你同我上去熄咗佢吖。
我：我知就知你住邊，不過我冇鎖匙喎……

定你覺得我曉鬼穿牆？

嘟。佢好冇禮貌咁 Cut 咗我線。

咁你盞燈點算好呀？我用念力幫你谷爆個燈膽好冇？ 4.3K

| case<br>#49 | symptom | 穿越的公子 |
|---|---|---|
| | remark | |

有日一位先生嚟到～

我：睇醫生嘅同你登記先呀～麻煩你身份證吖。

佢：……

持續冇出聲接近一分鐘，唔呀～有唔方便嘅寫字都得㗎喎？

我：先生？

佢望住我。佢望住我。佢望住我。佢望住我。

我迴避佢雙眼，我唏～

我低頭：呀先生……就咁嘅，睇醫生要登記㗎～你睇唔睇㗎？

唔睇就門口嗰邊，唔該～

佢繼續唔出聲，我都廢事理佢，做自己嘢算～

突然佢大嗌：未！請！教！

點呀？我要撻朵呀？我個朵一撻出嚟驚嚇瓜你呀～

我熱切關懷佢：先生……你冇事呀嘛？

佢：在下已等候多時！該～當何罪？

我擘大口得個窿望住佢……

人嚟，葉孤城走咗出嚟呀～快啲捉返佢入去同西門吹雪玩啦～

3.8K

| case #50 | symptom | 姨姨的衰老公 |
|---|---|---|
| | remark | |

有日一位姨姨嚟到診所。

佢行埋嚟登記處問我：姑娘，你哋呢度有啲咩藥呀？

西藥。

我：我哋呢度西醫嚟㗎，你要睇醫生先～醫生先會開藥畀你，你係咪睇醫生呀？

佢：我又唔係好想睇醫生咋喎……

我冇出聲。

佢：你唔可以就咁畀幾粒藥我咩？

我：唔可以㗎，我哋要睇醫生先出藥㗎。

佢：點解咁麻煩㗎？

我：我哋唔可以就咁賣藥嘛……

佢：你唔賣畀我咪得囉，你就咁畀我呀？

啊，你即係嚟搲著數啦？

我笑笑：更加唔會啦～

佢：你跌落地下，我執到又得唔得呀？

⋯⋯你唔好咁啦，真係聽到都覺得心痛呀陰公。

我：阿姨，如果你要藥嘅就正正經經睇個醫生啦，我哋唔會立亂畀藥你㗎，我又唔知你咩事咩病，點會開到藥畀你喎？

佢耍手擰頭：哎喲，你以為係我要呀？

我：嗯？

佢：唔係我囉唔係我囉，我冇事冇幹做咩要食藥呀？

我：咁你嚟攞咩藥呀？幫邊個攞呀？

佢：我個衰老公呀！

我：佢喺度睇過醫生？想配返之前啲藥係咪？你有冇佢覆診卡號碼呀？或者畀個電話號碼我吖。

佢：你呢間⋯⋯我唔知佢有冇自己睇過喎？

⋯⋯點呀，即係嚟代你老公運桔㗎？

我：如果佢冇喺度睇過，我哋係一粒藥都唔可以出畀佢，你都係叫佢睇醫生，或者去返睇開嘅診所配藥啦。

佢：咁半粒得唔得呀？半粒偉哥呀？

……妖！一忽都唔得呀！

我：偉哥呢啲更加要睇醫生先有啦，唔好亂咁自己買嚟食呀。

佢：你叫我個衰老公嚟同你講佢唔掂咩，咁咪個個都知我老公唔掂？你都忽忽地！唔畀咪扯囉我，我先唔會叫佢嚟同你哋講佢唔掂呀！

要唔要畀個大聲公你呀？  3.4K

<table>
<tr><td>case<br>#51</td><td>symptom<br>remark</td><td>動物的便便</td></tr>
</table>

有日有位後生仔嚟到診所～

佢行埋嚟問我：姑娘，你哋係咪咩都睇呀？

我：你想睇啲咩呀？

佢：我好似條腸有啲事。

我：哦？咁你畀身份證我～我同你登記先，轉頭入去見醫生同醫生講吖。

佢：要唔要檢查呀？

我：而家我未知你咩事，等醫生了解咗先再由醫生話你知下一步點做啦。

佢：即係醫生檢查嘅？

梗係啦，你唔係以為我同你檢查嘛？我平時通開廁所渠咋～人嘅我未試過呀。一理通百理明，條條大路通羅馬？

我：係呀，我負責登記㗎咋。

佢：我以為你都可以同我檢查㗎……

我冇出聲繼續登記。

佢又問我：我上網問過人㗎……

145

我：嗯？

佢：我話我上網問過人⋯⋯

我：問咩人呀？

網上程至美呀？

佢：我唔知佢哋咩人喎⋯⋯

咁即係路人甲啦～

我：上網問不如直接睇醫生～

佢：我都知，所以我今日喺度囉。

我：嗯。

佢：不過我其實又覺得我唔係好大問題，但係我又驚自己係好大問題。

媽～我好亂呀！佢玩急口令呀！

我：都嚟到咯，畀醫生睇下啦～你坐低等等呀～

佢：其實我要唔要叫埋我阿媽嚟？

我：你咁大個，唔使阿媽陪診啦～

佢：我唔知我細個阿媽有冇同我睇過呀，我唔知自己係咪一出世已經係咁，我自己知以嚟就係咁囉，但係我前排去廁所見到人哋唔係咁……

你做咩裝人去廁所？做咩研究人哋去廁所？

我：其實……你係因咩事嚟睇呀？

佢：我……

我：嗯？

佢：我呢幾個月去廁所辦大事辦多咗。不過個量好少，你有冇見過動物嗰啲呀？

我：大笨象呀？

佢：羊呀。

啊！謎底已經解開，醫生你又輕輕鬆鬆袋診金了！

食多啲菜，飲多啲水啦仔～便秘咋嘛！嚇死人咩！ ♥ 6K

| case | symptom | 營養 |
|------|---------|------|
| #52 | remark | |

有日有位小姐嚟到診所～

佢：姑娘，你哋睇唔睇我呢啲㗎？

你呢啲即係咩呀？

我：你想睇啲咩呀？

佢：我覺得自己好似營養不良呀，好似食咩都唔太吸收咁。

我：呢層……你畀身份證我，我同你登記吖～你一陣見醫生同醫生傾傾呀。

佢拎出身份證：我淨係想適當地補充營養咋喎，得㗎嘛？

我：我唔係醫生，你同我講冇用嘅，等醫生了解咗你問題先啦～

佢：有冇得揀淨係補一 Part 咁㗎？

有，梗係有啦，想邊 Part 大呀？我幫你打腫佢呀～

我：呢啲我真係唔識呀～你不如唔好問我啦。

佢：嗯，咁又係，你都應該係失控先咁。

我頂你呀！

我：登記好喋喇，你坐低等嗌名呀～

佢唔願意離開我：姑娘呀，問多你少少嘢得唔得呀？

我：你問我真係冇用㗎喎，我咩都答唔到你㗎，我登記㗎咋～

佢：當傾下偈吖～


我同你冇嘢好傾呀！


我冇出聲，低頭做自己嘢。


佢：唔理人嘅，我嚟睇醫生好驚㗎嘛，都唔理人嘅……


我唔係你男朋友呀，你收皮啦～


佢：我想個胸大啲啲呀～


打大你個頭就得。


佢：我成日都覺得係我唔夠營養，所以先咁㗎咋。有咩可能淨係得個胸細呀～姑娘呀？姑娘？

死咗喇佢，咪再嗌佢搵佢呀！

佢：我係咪唔夠營養啫？你答下我啦！

我抬頭：你啲營養蕩失路啫，等見醫生啦好冇呀？

重過我都夠膽死話自己唔夠營養，你真係當我盲㗎喎？  4.2K

有日有位小姐嚟到診所～

佢都未行到埋嚟已經擘大晒喉嚨講：我要睇醫生呀！

我回應遙遠的她：好呀，你畀身份證我登記先呀～

佢：係咪有得檢查呀？

我：請問你想做啲咩檢查呢？

佢：梗係婦科啦，要問㗎咩？

小姐，你太年輕了。你以為診所真係男嘅就做男性檢查，女嘅就做婦科檢查，真係得兩味咁單調咩～我哋有好多驚喜等你發掘㗎！

我：好呀，冇問題，而家係乾淨㗎嘛？唔係嚟緊㗎嘛？係咪？

佢：我就係早咗好多到先要嚟做檢查咋喎？

我：明白～不過我哋做婦科檢查係要等經期完咗，大概三日左右～乾淨晒先再做嘅，因為有機會影響到個結果準確度。

佢：明咩白啫你，聽到你咁講我就唔鍾意喇！

咁我講唔明白嘅，你會嘗試喜歡我嗎？

我：或者你都可以照睇醫生，等醫生畀意見你～睇下而家可以做啲咩檢查先，麻煩小姐你畀身份證我吖。

佢：頭先又話要等完咗先做，而家又話可以做，即係今日我要唔要除褲呀？

你急住喺醫生面前除褲都唔使咁大聲嘅，你鍾意嘅咪除咗佢出去跑幾個圈囉～

我：睇咗醫生先啦，等醫生話你知幾時做檢查啦～

佢：唔好煩喇，你入去嗌醫生出嚟同我講啦！

我：係小姐你一陣入去同醫生講呀。

佢：噴！

我笑笑。

佢問我：我想做檢查，Check 下我點解今次早咗成日到，點解你哋好似唔明我想點咁？係你蠢定係我蠢呀？

唔好爭啦～ Why not both？打和啦 Super！早一日啫，我以為你早成年呀～

我：或者我應該咁講……小姐你要睇醫生就要登記㗎喇～你要做檢查都係要登咗記先可以入去。我哋講咗咁耐，我連小姐你嘅身份證都未攞到嚟登記……

佢：嘖！算啦冇嘢喇，我都係覺得你哋連門面都做得咁差，我唔會覺得你哋有咩幫到我。

小姐離開了。

或者你需要嘅唔係婦科檢查？ ❤ 6.3K

| case | symptom |
|---|---|
| #54 | 熊熊烈火 |
| | remark |

電話響起～

我：你好，乜乜診所～

對方係一位女士：我而家濕晒喇！

哦？打嚟借風筒？醫生！你有冇風筒呀？

我：……有乜幫到你？

佢：你知唔知我係邊個呀？

我：唔知。

佢：我啱啱嚟睇完㗎咋！

我：係，咁有乜幫到你？

佢：你頭先唔畀我拎返把遮呀！我而家濕晒喇！

我：吓？我？

佢：你哋診所冇人開門畀我拎返把遮呀！一個人都冇呀！

我：你係咪頭先最尾睇嗰位小姐……

佢：係呀！你記得我嗱？知我係邊個啦嘛？

我：係呀，唔好意思呀，因為我哋睇完你之後就即刻夠鐘放Lunch喇～

佢：你見到我把遮喺度，你唔提我攞？我而家濕晒喇！濕晒喇！

我：真係唔好意思，我留意唔到你把遮。

佢：你哋係咪應該至少安排個人留喺診所做 Back up 呀？

好呀，就安排醫生喺度啦～

我：呢個我同醫生反映返呀～

佢：我同你講，我而家扯晒火！就係因為你哋嘅不足，我濕晒！

我：真係唔好意思呀小姐，你得閒嘅過嚟拎返把遮吖～

佢：我把火唔熄㗎喇！我會投訴到你去天際！

嘟……

你個天際有幾遠呀～我唔知個投訴飄唔飄到返嚟呀～  5K

#把火用嚟哄乾濕濕的你 #投訴到隕石旁的天際好浪漫

———— comments ————

Dk Kwok
醫生！有條女話濕晒呀！佢叫你留喺
診所等佢唔好走開呀！Bye！！！

| case | symptom | 性教育 |
|------|---------|--------|
| #55 | remark | |

電話響起～

我：你好～乜乜診所～

對方：姑娘？

我：係～有咩幫到你～

佢：你哋會唔會幫人做性教育之類嘅嘢？

我：性教育？我哋呢度診所嚟㗎喎？

佢：我知係診所呀，唔係我打嚟做咩呀？

我：我哋冇性教育堂上喎？

佢：醫生當診症咁教我個仔得唔得呀？

我：其實你自己教都得㗎喎……

佢：我就係唔識教！頭先個仔問我心口點解有幾嚿肉，我都尷尬到講唔出口……

我：咪直接同佢講呢個係女性乳房囉，佢提出問題，你可以藉機會教佢身體構造呀～

佢：咁唔正經嘅嘢，點講出口呀？

啊～你做愛就覺得好正經嘅？

我：身體嘅嘢點會唔正經呀～

佢：我帶個仔過嚟畀你哋教呀，我可以照畀診金㗎！

我：我哋呢度係睇醫生㗎，冇堂上㗎～

佢：咁當佢睇醫生呀，畀醫生嘅佢睇得唔得呀？


醫生，有人想睇你嘅性……教育～


半個鐘都冇，太太嚟到診所：姑娘，阿醫生得閒未呀？

我：請問咩事呢？

佢：我係頭先打嚟想話搵醫生幫我嗰位呀～


哦～性教育。不過點解得你自己一個呢？你個仔呢？


我：咁你小朋友呢？

佢：我送咗佢走喇。


吓？


我：你唔係話要醫生向佢解答問題咩？

佢：我嚟到醫生教我都 OK 啫～

我：你等等先，我都要問問醫生得唔得～因為我哋真係冇做呢個

範疇。

我行入房問醫生：醫生，頭先位太太嚟咗，性教育嗰位。

醫生：唔係叫咗佢上網睇喋咩？

我：係～不過佢都係嚟咗……

醫生：……叫佢入嚟啦。

我：我覺得佢有啲怪呀。

醫生：最怪就係請咗你！

太太入到房，我表示自己想學嘢觀摩，於是我就企喺度跟症。

太太一坐低就問醫生：醫生，我個仔問我呢幾嚿肉係咩嚟，我好尷尬呀，都唔知點答佢好。

喺我眼前嘅太太，完全冇半分尷尬之意，反而有啲奇怪……

醫生問：你個仔今年幾多歲呀？

太太：七歲，我都唔知點答佢好，你教下我，我應該點答佢好，你覺得我呢度叫唔叫得上巨乳呀下？係咪應該話佢知媽媽有係男人都鍾意嘅巨乳呀？

醫生，我要唔要拎定滅火筒？

醫生知道佢唔係嚟學嘢：太太，市面上有好多書籍係關於性教育嘅。甚至上網都有好多素材資源畀你去參考使用，例如家計會同衞生署都有個學生健康服務，我一陣叫姑娘抄低個網址畀你。

醫生望望我，打咗個眼色。Yes Sir！

我同太太講：太太，你出去等等吖，我轉頭畀相關資料你吖～出去坐坐先～

太太唔心息：嗰啲邊有醫生你咁好～醫生呀，我個仔都成日問我點解我下面咁多毛㗎，我應該點答呀？

我用龐大身軀阻止佢再進一步：太太，麻煩你出去等等呀～

太太非常依依不捨：我可唔可以話佢知我下面啲毛同醫生你啲頭髮一樣咁濃密咁有魅力呀？

我爭啲跪喺度……

幾經辛苦終於迫咗太太出去，我：太太，呢啲係醫生畀你嘅網址，你可以上去睇睇。

太太：醫生寫畀我㗎？我會好好用㗎喇，我下次係咪可以再嚟？

我：你消化晒網站入面嘅嘢先啦～

佢帶住滿足嘅樣同心情離開診所。

張紙其實係我抄的……I am sorry～ 🥹5.6K

有日，有個西裝靚仔一入嚟診所就急不及待要關心我～娘親……

佢：我 X 你老母，我要四日假紙呀！

我：先生，你冷靜啲呀。

佢：X 你老母啦，冷乜 X 嘢靜呀？你望下你個 X 樣寫咗乜畀我？

我望望張假紙，寫咗一日嘅：你只不過係傷風啫，醫生唔會寫到四日假紙畀你喀喎？

佢：X 你嗌乜 X 嘢呀？我有畀錢㗎！我係消費者呀！我要幾多日就係幾多日㗎啦，我好人先唔告 X 你咋！

我：你噚日有冇同醫生講你要幾多日病假呀？

佢難得冇粗口：冇喎。

我：咁醫生又點知你會要四日假紙呢？

坐喺度等睇醫生嘅阿叔竊笑幫口：佢未瞓醒啦～

西裝靚仔即刻擰轉面：X 你老母講乜 X 嘢？關你 X 事呀？睇醫生啦 X 你老母！

從西裝靚仔對話中，我覺得佢應該係一個從小就好缺乏母愛嘅人，如果唔係點會周圍撩人阿媽……

阿叔企起身：係咪搵我老母呀？我帶你去見佢呀！

西裝靚仔：仆街啦你，X 你老母，死 X 開啦！

阿叔揪住佢件西裝，邊揪邊行：我就帶你去見我老母！

西裝靚仔邊被拖行邊慘叫：仆街！爛晒我件衫，Ｘ你老母，放手呀放手呀放手呀！

我嗌住佢哋：你哋冷靜啲啦，算啦⋯⋯

阿叔行到去診所門口：我帶佢去見我老母啫！

西裝望住我：Ｘ你！死肥婆，望乜Ｘ呀？

哦？唔望得呀？屬牛屬狗屬兔屬虎要迴避呀？好啦，我唔望啦。

然後診所就充斥住：仆你個街，咪Ｘ整爛我件衫呀，好Ｘ貴㗎，好縮手喇Ｘ樣！你賠唔Ｘ起㗎，Ｘ你老母臭Ｘ⋯⋯

嗰幾日，我再冇見過阿叔嚟睇醫生，應該出咗身汗感冒痊癒了。西裝靚仔我就有見過，變得好有禮貌了。原來母愛係咁不可思議嘅，多謝你呀，阿叔嘅老母！ 👍 7.1K

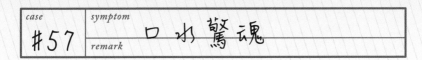

| case | symptom | 口水驚魂 |
|------|---------|---------|
| #57 | remark | |

有日一位男士嚟到診所～

佢神情好好好好緊張：姑娘，你鎮定啲，唔使驚呀吓！

我爭在未撩住鼻屎抬頭問係咪出面有人劈友：咩事呢先生？

佢：我懷疑我領咗嘢，出事喇！

出事喋嘛，搵司徒法正啦～我呢度得紅筆，冇紅筷子，頂唔頂到呀？

我：應該係你唔使驚～你鎮定啲呀，講清楚咩事先～

佢：我懷疑我中咗愛滋，你唔好驚，你唔使驚呀吓！我唔會掂你！

掂一掂就會惹到咩～

我：有懷疑嘅就做個檢查啦，你畀身份證我，我同你登記吖。

佢：我張身份證跟身喋喎，你要唔要著保護衣先呀？

我好多謝你咁為我安全著想，不過愛滋並唔係由普通接觸或空氣傳染的～好不好？

我：先生，你唔使咁擔心住嘅，你所講嘅唔會我掂下你就中嘅。

佢：我唔想再有多一個好似我咁嘅受害者呀，我做完檢查幾時可以拎報告呀？遲一分鐘可能就會多一個好似我咁嘅人，我想快啲拉咗個人渣！

我好奇：邊個人渣呀？發生咩事呀？

佢：我都係受害者嚟……就噚日我去食飯，有人嚟搭枱坐，咁我一個人食飯，俾人搭枱好正常吖係咪？

我：係呀～

佢：坐喺我對面嗰個噴咗啲唔知咩出嚟呀！

上定下，左定右，前定後噴呀？

我：喺邊度噴出嚟呀？

佢：口呀！

我：咁口水囉即係～

佢：咁我咪走囉，你知唔知佢同我講咩呀？

我：咩呀？

佢：佢話「咁驚死呀？我有愛滋呀！」佢啲口水咪有菌囉！

而家咩年代呀？資訊唔係好發達㗎咩？

我：先生或者一陣等醫生同你解釋下你呢個憂慮呀～你都可能未必需要做檢查嘅，放心，醫生一陣會同你解釋。

佢：你套保護衣呢？要唔要將我張身份證消咗毒先？

我：冇問題㗎喇～放心啦～

見完醫生，雖然佢仍然堅持要做檢查，至少份報告令佢安心了。

不過呢啲常識……好似細路都識啦？ ♥ 5.9K

| case | symptom | 大媽要尊重 |
|------|---------|-----------|
| #58 | remark | |

有日有位姨姨嚟到診所～

**「轟轟轟轟轟」**，佢拖住個個沉甸甸、看似就嚟打柴嘅行李箱發出聲響～

佢行埋嚟用唔咸唔淡嘅廣東話問我：你哋有冇針打呀？

我：你想打咩針呀？

佢開始又轉返普通話：補針。

我：咩嘢補針呢？我哋冇呢啲嘢㗎喎～

佢又廣東話：點會冇呀？

我：我哋西醫嚟㗎～嚟嘅人都係睇病嘅，啲傷風咳嗰啲呀，唔係嚟補身㗎。

佢又普通話：我們的醫院都有啦，隨便找一個也有。

咁你咪返去屬於你嘅地方隨便下囉～

我：我哋冇㗎～

佢又轉廣東話：你做乜唔講我聽得明嘅話呀？

我：你而家聽唔明我講乜咩？

佢又普通話：我聽懂，就是覺得你不尊重我！

我笑笑：你聽得明咪得囉？

佢：我就是覺得你不尊重我啦！你說沒有補針也是騙人的！是看不起我嗎？我不是沒錢！你看我！我有錢！

你會唔會自我感覺太良好呀？你拎個銀包出嚟畀我睇做咩啫～有錢就有補針打咩？我冇吖嘛，打滴水落去得唔得呀？

我：我哋診所係冇補針嘅，流感針就有得打～如果你想打流感針，我可以同你登記呀。

佢又轉廣東話：你唔識講我啲話咩？點解你一直都係同我講你嘅話呀？

我：我係香港人梗係講返我自己嘅話㗎啦～呢度係香港喎？你有邊度聽唔明先？我都只係同你講我哋冇你所講嘅補針～你去第二間問啦，不過香港西醫呢，我就好少聽有呢啲針打嘅。

佢瞪大對眼睇住我唔出聲。

我：仲有咩幫到你呀？

佢又普通話：我就是覺得你很不尊重我！

我：針呢，我哋就冇㗎喇。我都唔知邊度令你覺得我唔尊重你呀～我哋都冇咩好交流，原本係一句你問有冇，我就答你冇咁咋嘛？唔通你講普通話我又話你唔尊重我咩？

我都唔知你喺度磨乜。

佢繼續死睥住我。你對眼有事嗎?需要睇眼科嗎?

睥咗大概十分鐘,企足喺度十分鐘,欣賞咗我哋做嘢登記十分鐘⋯⋯之後先拖住個行李箱「轟轟轟轟轟」咁離開。

你係咪入嚟嘆冷氣咋? ♥ 6.5K

| case | symptom |
| --- | --- |
| #59 | 火燒後躝 |
| | remark |

電話響起～

我：你好，乜乜診所。

佢 EE 哦哦唔知講乜。

我：喂？喂？

佢：姑……

我：係～姑娘呀？我聽到，有咩事呀？

佢：我好似瀨咗……

拉𡃁～冇廁紙都要打畀我呀？

我：有咩事呀？

佢：我溶蠟燭……

中秋過咗喇～仲煲蠟～

我：你繼續講吖，我聽緊～

佢：你哋可唔可以畀啲藥膏我呀？

我：你要嚟睇醫生先得啊，我哋唔會就咁配藥膏畀你嘅，要畀醫生睇咗你情況先開到藥～

佢：我唔想睇醫生呀⋯⋯

咁我幫你唔到喎～

佢：我唔想俾醫生知呀⋯⋯

咁你又俾我知？

我：你想要藥就點都要畀醫生望望啊～

佢：一係你話我要買咩藥膏呀？

我：我連你係咩情況都唔知，點可以講到你需要咩藥呢？而且我唔係醫生呀～

佢一氣呵成：我後面整咗幾滴蠟而家有啲痛唔知係咪燒傷咗我又唔敢搞佢掂佢我會唔會成塊皮冇咗呀？

我：你⋯⋯用咩蠟燭呀？

佢：神枱紅色嗰啲。

我：你嚟睇醫生啦⋯⋯

佢：我都話我唔睇咯！唔係我打嚟做咩呀？你都唔關心我嘅！上網問好過啦我！

上網得到嘅恐怕未必會係關心⋯⋯同埋其實，呢個世界有低溫蠟燭的。 😵 3.4K

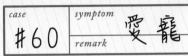

有一位姨姨，每次嚟睇醫生都手抱住一隻西施狗。

初初我新入職時，姨姨見我係新人，佢問：你怕唔怕狗㗎？

我：唔驚呀～

佢抱住狗仔埋嚟：去識個新朋友啦。

我望住隻狗，姨姨：係呀，佢老喇，對眼盲咗㗎喇。

我：哦～唔怕嘅，狗嘅嗅覺好厲害，只要屋企啲嘢唔轉位，佢 OK 嘅～

佢：佢唔可以自己一個喺屋企㗎，得一個佢會驚。

我：所以你要同佢一齊出入？

佢：係呀，慘過湊仔，佢仲唔可以坐車仔，係一定要抱。

我：咁你一定手瓜起腱，勁過啲大隻佬！

雖然佢話慘，不過佢嘅笑容畀我嘅感覺，一啲都唔慘，仲好幸福。

每次姨姨嚟到，都會講下佢隻狗做咗咩好事，例如周圍屙尿、半夜喺床上屙篤屎……每次都話「真係慘過湊仔呀」。

差唔多聽咗一年，姨姨有一次兩手空空咁嚟……狗狗畢業了，返咗去做天使～

姨姨坐低之後，雙手唔知放喺邊好，不停喺度摸張櫈⋯⋯

佢問我：你有冇養寵物呀？

我：有呀。

佢：有冇試過睇住佢哋死呀？

我：有呀⋯⋯

佢：佢之前喺度，我就成日望佢快啲走，唔使再咁辛苦。到佢走咗，我覺得好唔慣，原來仲辛苦⋯⋯

我：佢走得舒唔舒服呀？

佢：我都唔知佢係幾點走，我哋瞓瞓下就走咗⋯⋯

我：咁應該走得好舒服呀，佢好乖呀～動物嘅壽命比我哋短，幾年、十幾年、廿幾年都唔定⋯⋯唔好太傷心啦～佢都去咗彩虹橋冇病冇痛咁跑跑跳跳望靚女啦。咁多年嚟你都辛苦喇，好好抖下啦～

佢：我真係好掛住佢，好想再摸下佢抱下佢⋯⋯

我：你摸下你手臂啲肌肉啦～你啲肌肉應該都係因為照顧佢而嚟嘅～

佢勉強笑笑。

過咗一排，佢又嚟：阿妹呀，我早幾日執咗隻狗呀！啲性格好似佢㗎！你估係咪佢投胎返嚟呀？

我：可能係佢派個新仔過嚟陪下你呢？

佢：今次慘喇！又要湊仔喇！啊，唔係，佢女仔嚟嘅～

佢好開心～佢覺得又可以慘多十幾年了。我都好戥佢開心呀！

♥ 7.2K

哎呀～真係慘咯～

# #61-90
## 診所低能奇觀5
### FUNNY + CLINIC

| case | symptom | 電話驗孕 |
|------|---------|---------|
| #61 | remark | |

✎ 電話響起～


我：你好，乜乜診所。

佢：喂？診所？係咪診所？

我：係呀～

佢：你哋有冇得驗孕呀？

我：有呀，經期遲咗一星期就可以嚟驗～今晚 7 點前嚟到登記。

佢：我經期冇嚟係咪一定有咗㗎喇？

我：月經未嚟都未必一定係有咗嘅，嚟驗咗先啦～

佢：我有扑嘢㗎喎。


叻喇叻喇，要唔要攞個大聲公你大大聲講你有愛做呀？


我：最簡單嘅都係驗咗先嘅，估估下冇用嘅，你經期遲咗一星期嘅就過嚟驗驗啦～

佢：你話唔話到畀我知我咁樣係唔係有咗呀？


嚟～等我喺電話度伸隻手出嚟摸下你個肚先！恭喜你呀！係女呀！

我：要驗先知嘅，我連見都未見到你，又點知你有冇呢⋯⋯

佢：我以為你哋可以電話診症咋，我見你門口有寫電話嘛！

醫生，我哋不如 Cut 咗個電話吖？反正十個有九個打嚟嘅人都係咁覺得嘅⋯⋯我哋唔好再虐待個電話好冇？

我：驗孕又點可以電話入面做到呀⋯⋯

佢：得呀，我驗完再喺電話講你知囉？

⋯⋯既然你自己驗自己知，咁做咩仲要講我知？「喂？姑娘！我有咗呀！兩條線呀！」你覺唔覺有啲問題？不過都係算啦，多數有問題都唔覺自己有問題。

我真係唔想倒醫生米㗎：咁⋯⋯小姐你自己去買枝棒驗咪得囉？

佢：有呀，我拎住咗呀。

⋯⋯

我：咁⋯⋯你打嚟做咩呀？

佢：等你話我知我有冇囉！

我：兩條線定一條線呀？

佢：得個十字咋喎，冇你講嗰啲咩線喎？

我頂你個肺，十字咪兩條線加埋一齊囉。唔通你以為十字牌牛奶顯靈呀？

我：咁十字嘅係有咗啦，如果想由醫生確認或者要寫醫生轉介信嘅，你 7 點前嚟診所啦～

佢：吓？我有咗呀？

「吓？我有咗呀？我有咗呀？我有咗呀？」……嘟。

小姐唔知係咪 Hang 咗機 Cut 咗我線了。

準媽媽，我好擔心你呀～  5.3K

吓！我有咗呀？
吓！我有咗呀？
吓！我有咗呀？

| case | symptom | 阿姐廚房 |
|------|---------|---------|
| #62 | remark | |

電話響起～

一位小姐：喂？

我又：喂？

佢：係咪我屋企樓下間診所？

我好想企出門口大嗌：「係咪樓上打落嚟呀？」

我：乜乜診所，你好。

佢：我醃爛咗個 Pat，我想問可以點？

你用咩醃呀？基本醃料就有雞蛋六隻，糖呢就兩茶匙，再加啲橙皮喺……正經啲！基本醃料應該係生抽、糖、鹽同米酒～有冇落生粉？醃完就可以拎去炒～

我：唔好意思，咩嘢叫醃爛咗？

佢：爛咗咪爛咗囉，我仲可以點講你知呀？

吖～你又幾有道理。

我：不如你落嚟睇醫生先啦，都要畀醫生睇一睇你係爛到咩程度嘅～

佢：黐線！我就係唔想睇醫生先打嚟問啫，我睇得就唔使打落嚟啦！

我又好想企出門口大嗌：「樓上醃爛屎忽嗰位好落嚟睇醫生喇！」

我：電話度唔會提供到治療方法畀你呀～唔使擔心呀，我哋有女醫生呀。

佢：我自己醃醃下醃爛咗啫，問你點搞都唔答，你好想睇呀？黐線！

嘟。

我想知你點醃啫……  😱 5.6K

――――――――― *comments* ―――――――――

**Derek Yuen**
以毒攻毒，搽 Wasabi……

**Mandy Wan**
攞火燒一燒佢，聞到燒烤味，結焦就冇事㗎喇！

| case #63 | symptom | 好狗先生 |
|---|---|---|
| | remark | |

✎　有日診所內冇咩做～得一個病人等緊入房睇醫生。

我同同事就喺度傾下偈，講下最近食咗咩好嘢呀，講下啲自家小八卦咁～

嗰位病人突然衝埋嚟拍玻璃：你講咩呀？

我同同事互相望咗下，明明頭先講緊係屋企啲寵物嘢～我哋諗唔明佢黐咩。

之後我問病人：做咩呀？我哋自己傾偈呀～

佢：你頭先係咪講我好狗呀？

吓？我係有提個狗字，不過唔係講閣下喎，出面冇櫈坐咩～因乜解究你咁睇唔開要嚟對號入座？

同事解釋：佢冇話先生你呀，我哋傾偈講緊我哋啲狗呀，先生你聽錯喇。

佢好嬲嬲豬：我冇錯！錯嘅係你呀！係你哋呀！做咩話我狗呀？我坐喺度做咗啲咩呀？

我：我哋冇話你呀～

佢：你哋梗係唔認㗎！有邊個會背後鬧完人會認㗎？

雖然你講得好有道理，不過你而家擺明係老屈喎……

我：我哋真係冇講你呢～你信我哋啦～
佢：我聽到有，唔通我唔信我自己呀？

醫生，我懷疑佢有幻聽……你可唔可以幫幫佢？佢應該好痛苦～

我：唔係～我哋真係冇講……
佢：你唔好以為你戴住個口罩就認你唔到呀！我識好多人㗎！
我：我哋真係冇講呢……
佢：我搵人唱到你哋執笠都得呀！
我：……
佢：我搵人唱到你以後做過街老鼠都得呀！
我：……
佢：我搵人唱到你以後唔使見人！
我：先生，你冷靜啲呀～好快有得見醫生㗎喇～
佢：要我畀錢睇你哋呢啲咁嘅醫生？你敢唔敢收我錢呀？

我覺得先生你個對話發展有啲跳脫同神奇～個位好似怪怪哋呀。

我：睇醫生梗係要收錢啦～

佢：你咪收囉，你收咗唔使旨意仲可以喺呢行立足！

哦，我明喇。

我：先生，可以入去見醫生喇。

佢：你夠薑就收我錢啦！

之後……我錢又收咗～但到今時今日我都仲係做緊診所。先生，你係咪唔夠識得人多呀？要唔要再擴闊下你個社交圈子咁呀？

❤ 6K

電話響起～

我：你好，也也診所。
佢：我想問你哋有冇人餵奶呀？

搵奶媽呀？

我：我哋診所嚟㗎喎？
佢：我知呀。
我：咁小姐頭先你話餵奶意思係……？
佢：我朋友個仔啱啱掉咗喺我度，佢應該要飲奶喇。

你唔打電話去搵你朋友，反而搵我哋咁得意嘅？

我：你搵搵你朋友吖嘛？
佢：佢去緊機場去旅行喇。
我：……咁佢有冇畀奶粉你呀？你照沖畀佢飲咪得囉？
佢：佢畀咗啲一包包嘅奶我，我都唔知點畀佢飲。

小朋友個媽媽，你有冇後悔將自己個仔交畀一個完全唔識湊仔嘅

人手上？

我：你係咪指冰好嘅母乳呀？你坐暖返畀佢飲就得㗎喇，用手背試下溫度先，唔可以辣手呀。

佢：微波爐得唔得呀？

我：唔得呀～你用水坐暖佢得㗎喇。

佢：我見佢啲奶好似黃黃地，有一層係特別黃，其實係咪壞咗啫？

我：母乳係咁嘅，你餵之前搖勻就得㗎喇……

佢：溝唔溝水呀？

……我就快俾你激死啦。如果個媽媽聽到，佢應該都會激到嘔白泡，會唔會即刻由機場趕返嚟呢？

我：小姐呀？你有冇朋友方便幫你湊一湊呀？你好似完全唔識咁嘅？咁樣好危險㗎喎……湊小朋友搵個有經驗嘅好喎？

佢：所以我咪打嚟搵你囉，你診所嚟㗎嘛，接生經驗好豐富啦！

你搞錯咗少少嘢……我哋呢度冇接過生嘅。婦科檢查就有嘅，但係生仔唔係孿孿下對髀就會爆出嚟㗎嘛～

我：我哋普通科診所嚟㗎，冇人喺度生過仔。

佢：咁點算呀？我係咪要搵佢阿媽返嚟呀？

我：最好啦，就算唔係佢，都搵個識湊嘅人會好啲啦，小朋友幾大呀？

佢：好似話三個月。

作死你囉！三個月大就出走旅行？仲要掉低畀個零經驗嘅人湊？

我：你都係快啲打電話去搵佢返嚟啦⋯⋯

佢：佢肯定鬧死我啦⋯⋯

我：你餓死佢個仔嘅話，到時就係殺埋你喇，一係就我幫你報警。

嘟。小姐飛快地收線，應該係去打返電話畀佢朋友⋯⋯

旅行唔係咁去㗎！ ♥ 5.3K

187

| case | symptom | Bye 嚟 Bye 去 |
|------|---------|----------------|
| #65 | remark | |

✎　　復活節假期，電話響不停～


呢呢呢，電話又響啦，真係想炸咗個電話佢算。


佢係一位先生：喂？診所？

我：早晨，乜乜診所～

佢：今日都開呀？


係呀，我老闆好勤力嘛，你要唔要讚揚下佢？


我：係呀，一點前嚟到就有得睇。

佢：OK，之後就停頓了。

我：Bye-bye！


我收線後，過幾秒佢又打嚟。


佢：喂？

我：早晨，乜乜診所。

佢：你頭先做乜收我線呀？

我：你問完應診時間啦嘛？你冇再講嘢，我就收線㗎啦……

佢：我都冇講 Bye-bye！

咁點吖？而家俾你 Bye 返我一次，一人一次當打和啦好冇？

我：咁請問你仲有冇乜嘢要問呢？

佢：收幾點呀？

我：1 點～

佢：我知呀，頭先你講咗啦，咁開幾點呀？

我：開咗㗎喇，有醫生喺度㗎喇，你可以過嚟登記呀。

佢：我知呀！講埋晒啲廢話，我夠知有醫生睇啦！我過到嚟就屌 9 死你！

嘟。

坦白講，年中想屌死我嘅人真係有好多～而家都排到上火星咁滯，你等下啦老友～ 👍 4.2K

―――― comments ――――

Ka Chun Lau

最尾個句好正，阿大家姐喺度的話一定大聲講一句：「邊個想屌我？」諗起以前有套戲嘅對白：「屌我啦，快啲嚟屌我啦～」

| case | symptom | 看更不如的姑娘 |
|------|---------|---------------|
| #66 | remark | |

電話響起～

我：你好～セセ診所。

佢一輪嘴講出：姑娘我條氣有啲唔順，你有冇方法可以幫到我？我唔係好唔順嗰隻，係有啲唔順嗰隻，我唔想食藥唔想睇醫生，有冇方法？

你係唔想畀錢啫。

我：我冇醫療建議可以提供畀你呀，不過可以話你知我哋今日收7點，有需要嘅可以嚟睇醫生～

佢：我冇咩病喎，淨係得少少唔順氣咋，可以唔睇啦？

我：睇唔睇醫生唔到我話事嘅，係由小姐你自己決定，你覺得有需要可以嚟睇～

佢：咁你有冇試過唔順氣呀？

有呀，日日都有呀，日日對住啲傻豬谷氣谷到條氣唔順咁啦，不過好多時放完屁就冇事㗎喇。

我：我嘅情況同小姐你嘅情況不能相提並論呀，大家都唔知大家咩事，喺電話度估估下無助解決病況呀～

佢：你講嘢係咪一定要咁官腔呀？我冇錄你音喎。

係？你想朋友腔嗎？「過嚟睇醫生啦柒頭！」夠朋友嗎？

我：我唔係醫生，冇咩建議可以畀到你㗎～所以如果你想睇醫生，就 7 點前嚟到登記啦。

佢：吖！真係好煩呀八婆你！

咁你就收線啦八婆。

我：如果冇咩其他事，我收線㗎喇，有需要嘅就嚟睇醫生啦。

佢：喂喂喂？唔好收線住，我仲有嘢問呀！

問咩啫～你由頭先到而家有問得出啲乜咩？

我：請問咩事呢？

佢：我條氣有啲唔順嘅，有冇啲咩食咗可以幫到㗎？

我：對唔住呀小姐，我真係幫你唔到。

佢：嘖，真係樓下個實 Q 都好過你，起碼佢會叫我煲啲咩飲呀！

嘟。

人人都係神醫，個個都係醫師，香港地遍地神棍，你又知唔知？

 4.3K

191

| case | symptom | 口水先生 |
|------|---------|---------|
| #67 | remark | |

✎　有日一位著住西裝嘅男士嚟到診所～


佢聲線迷人：唔該登記。

我：好呀，麻煩你身份證吖。

佢拎出身份證：仲有我想探熱呀唔該。

我遞上口探探熱針：擺喺脷底，含住佢三分鐘，坐低等嗌名吖。


佢拎住枝針，行去坐低，擔天望地咁含住枝針。


三分鐘後，我：先生，得㗎喇，收針啦喇。


佢未行到埋嚟，已經打開豬唇，由口中拎出探熱針，伸手遞針過嚟畀我……嗰條口水絲……London Bridge is falling down, falling down, falling down. London Bridge is falling down……


佢望住我，我又望住佢條口水絲。跌喇！跌喇！


佢條脷都未收埋，個口又合唔埋咁發出：喂喂喂喂喂喂！！！


你唔好喂啦好冇呀？合埋個口，用力一索，睇吓索唔索得返條口水絲上去好冇呀？

明顯戰地經驗少嘅佢，係做唔到任何救亡反應，淨係識得「喂喂喂喂喂」，之後一嘢擺枝針喺我枱面……而我嗰隻伸出嚟企圖接住枝針嘅手，寂寞地暴露在空氣中，顯得寧舍戇狗。

口水絲終於斷開，喺枱面死直直了。

我收返埋我戇狗的手：先生，你做咩唔畀枝針我呢？做咩擺喺枱面呢？

佢用衫袖抹抹嘴：枝針滴嘢呀！

正確嚟講，唔係枝針滴嘢，係你搞到佢咁……

我：我見到，你成條口水嘛……

佢繼續自顧自抹嘴：有冇燒呀我？

我望住枱面枝針：你畀啲時間我處理咗現場先。

佢：係喇快啲呀，好核突呀……

我：你唔好咁嫌棄自己啦，得㗎喇，你坐返埋去啦，我一陣再話你知有冇燒啦。

之後佢喺我面前雙唇一直緊閉，直到離開。

我都未見過有人會咁嫌棄自己啲口水嘅～陰公。  6.3K

送啲口水畀你～

喂呀唔好玩口水啦！

| case | symptom | 慳家的代價 |
|------|---------|-----------|
| #68  | remark  |           |

有日有位小姐嚟到診所。

佢行埋嚟：登記呀。

之後佢嘆咗一口氣⋯⋯

登記後，我：得㗎喇～你坐低等等吖，等嗌名見醫生。

佢：驗孕都係入面驗係咪？

我：你最後經期係幾時呀？

佢：兩個月前。

我畀小便樽佢：咁你去洗手間留少少小便畀我呀～同你驗埋先見醫生。

佢又嘆一口氣，離開診所。

隔咗十分鐘，佢返嚟交小便：姑娘，我想問其實你哋公司啲藥係咪冇效？

我：吓？唔係呀～

佢：我其實之前嚟拎過事後丸，你睇唔睇到㗎？

我望望排版：睇到⋯⋯

佢：我有食藥都中咗呀，我自己喺屋企驗過㗎喇，而家我都唔知點算呀，我都唔知告唔告你哋好！

我：食咗事後丸都會有懷孕嘅機會嘅，始終唔係 100%，所以自己做足安全措施都好緊要～

佢：風涼說話你就梗係識講啦，唉⋯⋯


咁⋯⋯又唔係我射入去⋯⋯


我：我同你驗咗孕先啦，你坐坐呀，得嘅我嗌你入去啦。

佢：咪住咪住，你同我 Check 下上次嗰啲事後丸幾時過期呀？

我：我哋開畀你嘅未到期㗎喎？唔關啲藥係咪過期事啦，只係事後丸都唔係 100％OK⋯⋯

佢：我知呀你頭先講咗啦，唔使再講呀！

我：咁幾時到期有咩關係呀？

佢：我上次食剩咗嘛！

我：事後丸食剩咗？

佢：係呀。

我：上次開咗一次嘅份量畀你咋喎？應該唔會有剩㗎？

佢：你畀咗兩粒我嘛。

我：每款兩粒呀嘛？一包係事後丸，一包係止嘔嘛？

佢：係呀。

我：咁你剩咗啲咩呀？

佢：每包剩一粒囉。

我好驚訝：點解呀？

佢：嗰四粒丸仔收我成三百幾蚊，梗係分兩次食啦！

我：一個療程嚟㗎喝？食完第一次，十二個鐘後再食一次，咁先完成㗎喝？

佢：貴吖嘛，咪留返一次下次再食囉！

就係因為你當初慳幾十幾百，而家你要付出幾百萬了…… ♥ 5.2K

197

| case | symptom | 初一十五 |
|------|---------|---------|
| #69 | remark | |

有日，一位小姐嚟到診所。

我抬頭望望：係咪睇醫生？係嘅就麻煩你身份證登記呀～

佢：收費點計呀？

我：$200 連兩日藥，抗生素眼藥水藥膏另外收費～

佢：唔平喎，對面街都唔使咁貴！

我：嗯～

咁你唔去對面街睇？對面街有仇人呀？

佢：我喺嗰邊睇開平你 $20 呀！

我：嗯～

碌過去啦，睇車呀，唔好衝燈呀～

佢：我過去睇得喇。

我：好呀。

佢：你幫我打過去吖。

我：我打？打去邊呀？

佢：對面街間診所囉。

我：點解係我打呢？

佢：你診所嚟㗎嘛！

我：我同對面街間診所冇任何關係㗎喎～

佢：你打去講聲我過去啦。

我：就對面街咋喎？你行過去都唔會爭好遠啫？

佢：頭先我去過佢話截咗症喇。

我：咁冇得睇啦～都截咗咯。

佢：你打畀佢話我要睇啦！

我：小姐，我唔識佢哋㗎，人哋都截咗症，冇得睇㗎喇……

佢細細聲：專登啦，人哋收工，你就喺度兜客，為嗰 $200……


我冇出聲。


佢：你真係唔打過去啦嘛？

我：唔打呀～

佢：好！你做初一我做十五，你以後唔使旨意賺到我錢！就算全
世界剩返你一間診所，我都唔會嚟呀！


好呀，身體健健康康咪幾好～  5.2K

| case | symptom | 侍 M 假 |
|------|---------|--------|
| #70 | remark | |

✐ 有日一對情侶嚟到診所。

男嘅先扶女朋友坐低，千叮嚀萬叮嚀女友：你坐喺度呀，我去登記呀，你坐喺度呀。

之後佢行埋嚟登記處：姑娘，登記吖。

我：好呀，麻煩畀身份證我登記吖～

佢指指女友：佢一個睇咋。

我：好呀，畀佢身份證我啦。

登記期間，佢同我講：姑娘呀，佢 M 到痛得好犀利，有冇事㗎？

我：轉頭同醫生講吖，應該就冇事嘅，好多女仔 M 到都可以好痛～

佢：我好擔心呀……

我：唔使咁擔心，好快有得見醫生㗎喇。

佢：佢可唔可以要今日聽日假紙㗎？

我：入到房再同醫生講呀～病假紙醫生開㗎。

佢：我可唔可以順便要埋今日聽日假紙㗎？

我抬頭：吓？你要睇醫生咩？頭先你話佢一個睇嘅？

佢：係呀，我唔使睇呀，佢睇咋。

我：咁你頭先話要咩病假紙呀？

佢：佢拎假嘅，我又拎囉？

我：但係你冇睇醫生喎？點寫病假紙畀你呀？

佢：我要陪佢㗎嘛，佢咁痛，我點可以畀佢自己一個㗎？

我：病假嘅意思係因為個病人需要放假休息呀，你唔係病人嘅話，唔會有病假紙㗎喎？你想陪佢嘅就要拎年假事假呀……

佢：我係佢最重要嘅人呀！

我：我知～我明～不過你唔係病人嘛，所以冇得咁樣拎病假紙㗎。

佢：咁佢有咩事點算呀？

我望望坐喺度嘅女友……佢並冇縮埋一嚿，仲好精神咁篤緊電話。

我：其實我見過好多比你女友更嚴重嘅……你女友應該都唔係好痛㗎啫，所以唔使太擔心～

佢：你知啲咩呀？你係女人咩？

你知啲咩呀？我下面有碌 J 唔通又拎出嚟打你兩嘢呀？

我：先生，你係女人咩？總之病假紙只係寫畀病人，唔會寫畀其他冇睇醫生嘅人，你要睇醫生，我可以同你登記，你睇唔睇呀咁？

佢：我諗住陪佢啫，我冇病唔使睇醫生呀，我淨係想要張假紙可以陪住佢 M 痛啫……

其實你有病呀，你自己唔覺咋？  4K

201

| case | symptom | 霸氣丈夫 |
|------|---------|---------|
| #71 | remark | |

有日診所好多人喺度等緊睇醫生～有對夫婦都同樣喺度等緊，不過佢哋就等到好似睇痔瘡咁⋯⋯

太太佢坐完一陣又企起身行個圈，借啲意就埋嚟登記處問：到我未呀？

我答完一次又一次：未呀，頭先咪講咗你排第幾囉？

佢每次都反反白眼「噴」一聲，就行返去坐低⋯⋯

大概第四次，太太如常咁行返去坐低，佢開始同佢老公講：咩醫生嚟㗎？要人等咁耐嘅！

佢老公冇出聲。

佢繼續講：啲咁嘅醫生有冇醫德㗎？明知人嚟得睇嘅都係唔舒服㗎啦，仲要我哋等喎？等到幾時呀？等得嚟天都黑啦！

Sorry 呀，你嚟嗰時個天都已經黑晒㗎喇～黑到冇得再黑㗎喇，要唔要我拎個鎢絲燈膽出嚟畀啲光嘅溫暖你呀？

佢老公繼續玩電話，冇理佢。

佢拍拍佢老公膊頭：喂？幾點呀而家？仲要等幾耐呀？呢啲醫生睇唔睇都罷啦，唔好睇咯！

老公迅速企起身，行前兩步。

佢問老公：做咩企起身呀你？

老公暫且放低電話：唔係唔睇咩？唔係走咩？

佢發脾氣：我講下咋嘛，坐低啦！講下又當真～

唔夠一分鐘，佢繼續自己發嗨氣：咩醫生嚟㗎～仲要等幾耐呀，唔睇呀唔睇呀！

佢老公又放低部電話，望住佢：點呀你？嘈夠未呀？睇定唔睇呀？我冇病都俾你嘈到病啦，要唔要我都睇埋一份呀？唔舒服嗰個唔係我，我都坐喺度陪你等啦，你就唔可以靜啲㗎咩？一係就唔好睇，返屋企沖個熱水涼𢯎埋被出身汗就算！

佢細細聲：我都係自己同自己講啫……

老公：自己同自己講唔好俾我聽到呀嘛！你咪自己講飽佢囉，而家睇定唔睇呀？

佢：睇……

老公又拎起電話繼續玩，老婆咬住下唇一臉委屈咁等睇醫生……

203

好慘呀～當住咁多人面前俾老公噴到一面屁。醫生你搞到人哋夫婦不和睦啦～ ♥ 5.8K

| case #72 | symptom | 天生的顏色 |
|----------|---------|-----------|
|          | remark  |           |

電話響起～

我：你好，乜乜診所。

佢：姑娘呀？呢度係診所呀可？

我：係呀～

佢：我有啲嘢想問㗎，我知打電話嚟問唔係咁好，我知㗎，我真係知㗎！不過我唔想去到診所面對面咁問你呀。

咩呀？想表白嗎？怕食檸檬呀？我唔受女㗎喎～

我：咩事呢？

佢：我想問呢……下面係咩色㗎？

你唔係女嚟㗎咩？你自己拎塊鏡照下咪知囉？再唔係上網多到不得了，睇到你生眼瘡都得啦～定係你其實係仔，只不過扮女人聲？

我：小姐？呢啲係身體色素嘅問題嚟嘅，人人唔同㗎～

佢：咁會有咩色㗎？

七色彩虹呀！你信唔信呀？

我：你問嘅係咪陰部？我怕我答完一輪之後，先發現原來你講嘅下面係腳趾。

佢：啊⋯⋯好尷尬好怕醜呀⋯⋯

啊⋯⋯好欲拒還迎扭扭擰擰呀⋯⋯

我：都不外乎粉呀紅呀深與淺咁～有啲黑色素比較多嘅就會偏深色。

佢：其實會唔會係底褲甩色，搞到黑黑哋，即係我係問有冇咁嘅機會？我唔係話我自己有呢個問題。

知道明白，你朋友吖嘛。

我：如果係外來色素嘅問題，沖個涼就冇㗎喇～當然磨擦得多，皮膚角質層厚咗都會有嘅。

佢：即係捽唔甩嘅就係我自己問題？

你朋友，係你朋友問題。

我：色素沉澱問題～呢啲人人唔同嘅，就好似膚色咁，有啲人白啲，有啲人黑啲咁，唔會影響健康嘅。

佢：哦⋯⋯即係咁就一世？

我：都應該係～

佢：咁冇嘢喇⋯⋯


嘟。


其實只要健康就冇問題啦，嗌你⋯⋯朋友唔好咁傷心難過⋯⋯

♥ 7.1K

| case | symptom | |
|------|---------|---|
| #73 | remark | 一次見效 |

電話響起～

我：你好，乜乜診所。

佢：姑娘呀？

我：係～

佢：我上網睇到套運動話做一次半次就可以明顯見到減肥效果呀！

啊？嗰一次半次係咪持續做廿九幾個鐘唔畀停呀？咁做法何止見效呀，見耶穌唔呀～

我：哦？係呀？咁請問有咩事呢？

佢：我想嗌你睇咋。

即係點呀？打嚟好好心咁叫我減肥呀？

我：哦？多謝你呀，不過我冇興趣。

佢：吓？我做咋嘛，關你有冇興趣咩事呀？

Oh Sorry，我頭先爭啲想一槍打爆你個頭，我收返埋枝槍先。

我：網上嘅嘢不能盡信啦，自己衡量自己身體狀況呀。

佢：你講嘢咁老土咁保守嘅？

你想唔想聽個好爆好潮嘅版本？「你要死唔通唔畀你死呀？你咪去死下囉！」滿意嗎？

我：量力而為啦。

佢：你幫我上去睇下我做唔做得先啦。

我：我哋唔評論網上啲偏方嘅，減肥都離不開均衡飲食同多運動嘅～

佢：一次見效喎？

小姐，聽你聲都應該唔係幼稚園 BB 班啦～都一把年紀仲咁天真嘅？一次見效嗰啲係直接拎刀割肉呀～你去街市問下豬肉榮幫唔幫到你吖？

我：呢個世界邊有咁嘅事呀……有嘅話啲乜乜減肥公司執晒啦～

佢：你睇唔到先唔信有啫！唔代表冇！

嘟。

人哋成日話輸錢皆因贏錢起～咁戇狗呢？唉。 ♥ 4.2K

209

| case | symptom | 整形診所 |
|------|---------|---------|
| #74 | remark | |

有日一位小姐嚟到診所～

佢問我：係咪有醫生睇呀？

我：係呀，我同你登記先吖～麻煩你身份證吖～

佢邊揳袋拎身份證邊問：整容都得㗎可？

我：唔得㗎～

佢呆咗：吓？點解呀？你覺得我夠靚唔使整嚟？

哪來的自信啊寶貝～

我：我哋呢度唔係整容㗎喎，睇傷風感冒就得嘅。

佢望望診所四周：有分別㗎咩？

我：好大分別呀～

佢：唔怪得啦，我入到嚟都覺得有啲奇㗎喇～有咩可能整容診所坐喺 Reception 嘅會咁樣。

噢，覺得奇就死返出去啦～

我冇出聲。

佢：咁你哋有冇醫生可以 Referral 呀？

我：我哋有轉介去精神科、耳鼻喉、眼科、內外科、婦科～

佢：我想去割雙眼皮開眼頭係咪去眼科？個鼻樑位要高啲嘅就去鼻科係咪？

我：啊⋯⋯唔係⋯⋯你都係要搵整形外科嘅。

佢：要唔要轉介呀？

封轉介信應該寫咩好呢？

我：呢科應該唔使啦，你預約見醫生就 OK 㗎喇～

佢：貴唔貴㗎？

我：專科一定貴嘅～

佢：你試過未呀？

我冇出聲。

佢自己講自己笑：哈哈哈，係喎，我都傻傻哋嘅，你梗係未試過啦，試過都咁嘅就白做啦！

你係咪想我直接封帛金畀你呀？

我：冇其他嘢啦嘛？

佢嘟起個咀：其實我都覺得自己可以唔整嘅，不過整咗就會成個
人 Perfect 晒囉～

我低頭冇出聲。

之後佢自己扭住屎忽離開了。

我覺得樣唔係問題，心態先係問題……  6.6K

我個靚樣好 Perfect 池！

心理醫生
啱你多啲……

有日，一位先生嚟到問我：女呀？

我：咩事呢？

佢：我唔想返工呀。

我夠唔想咯，我為份人工咋嘛，你估我為興趣咁高尚呀？我個人好 Cheap 㗎咋……

我：呢個我幫你唔到喎。

佢：可唔可以鼠幾張假紙畀我，順手簽埋名呀？

我：唔可以呀～要假紙就要見醫生㗎喇～

佢：女呀……唔好咁決絕啦，我個頭真係好痛呀，你咁樣我仲頭痛呀……

我：頭痛就入去見醫生啦。

佢：你唔好再講返工呀醫生呀呢啲字眼啦，我個頭真係好痛……你鼠幾張紙畀我，我請你食飯吖，女呀……

食飯邊夠呀？到時我工都冇埋，你要養我一世㗎喎！

我：你要假紙就自己入去講啦。

佢按住頭退後幾步：啊！女呀……好絕呀！女呀……

邊嗌女邊退後邊退出診所……點呀，你係咪忽上腦呀？  4.5K

| case | symptom | 各國流感針 |
|------|---------|-----------|
| #76 | remark | |

一位姨姨嚟到診所。

佢：今年流感針有得打未呀？

我：有啦，之前有冇喺度睇過？

佢自信滿滿：我從來冇病！唔使睇醫生嘅！

我：麻煩畀身份證我登記先吖～

佢：你哋啲針係咪有得揀國家呀類別呀嗰啲呀？

我：冇呀～

佢：我睇新聞話有得揀喎，點解你哋冇呀？

我：啊！嗰個係新加坡型同香港型，係個配方唔同啫～

佢：我本身 Mix 嚟㗎喎，咁我應該打邊種呀？

睇過？睇過有幾 Mix，東莞 Mix 江門呀？

我：我哋都係得一種㗎咋，冇得揀㗎～

佢：我 Mix 嚟㗎喎！

你 Mix 唔 Mix 都真係唔關事呢……我話之你十國大封相撈埋一齊雜交呀～

我：係人就可以打㗎啦～

佢：我都話我係 Mix 咯！

如果人 Mix 獸嘅話，我哋真係暫時幫你唔到⋯⋯

我：唔好意思呀小姐，我哋流感針就得一隻嘅，或者等醫生同你解釋下，你再決定打唔打？

佢：我都冇得揀，你講得好似我有得揀咁嘅？我都話我係 Mix 咯，但係你就得一隻咋嘛。

我：請問小姐你過往有冇打過流感針㗎？

佢：我冇病過又點會打呢啲嘢呀？

我：咁⋯⋯點解今年突然想打呢？

佢：我原先就有一刻諗過打嘅，咁見行開行埋咪嚟問下有咩國家揀囉。而家唔想打喇。

我：噢，明白。

佢：咁冇嘢啦嘛？我走得啦嘛？

門口嗰邊，好行夾唔送～ 😱 2.9K

| case<br>#77 | symptom | 雞腸很難 |
|---|---|---|
| | remark | |

有日一位男士怒氣沖沖衝入嚟診所，再衝埋嚟登記處，「啪」一聲拍落我張枱度。

佢：你睇下你自己寫咗啲咩？

我拎起枱面張紙望望，病假紙嚟喎～我翻查排版望望……

我：先生，日子上冇問題呀？一日吖嘛？

佢：你寫乜鬼嘢英文呀？

你對英文敏感呀？見到英文會打冷震？

我：本身張病假紙我哋係用英文嘅～

佢指住病假紙：你睇下你自己寫咗咩出嚟？英唔英，中唔中，又夾埋啲數字都唔知你寫乜，你一係就寫中文算啦，西醫連寫幾隻字都係要咁西㗎咩？型啲㗎？

醫生，有人話你西喎！

我：咁日期係數字都無可避免呀……

佢：我唔係講日期呀！我講呢度呀！

「URTI」，邊度有數字？四個英文字嚟喎？

我：先生，呢個係 U-R-T-I 呀，冇數字㗎喎？

佢：……

我：……

係咪覺得自己柒到冇得再柒呢？我好人哋畀個下台階你啦～

我：不過好多人都會咁誤會咗嗰個「I」係「1」字嚟嘅，搞清楚就 OK 啦～仲有冇咩幫到你呀先生？

佢咬緊下唇，一臉不憤：咁即係我錯？

是你眼睛的錯～是大腦的錯。

我：唔係咁嘅，好小事啫，係 U-R-T-I。

佢繼續力撐：你同我學好點寫返字先啦，邊個寫嘅就邊個抄返五百次，寫到咁就唔好畀人，聽唔聽到呀？

我：但係……

佢：但係咩呀？自己做錯嘅就自己好好反省，你如果連字都寫唔好嘅，你連做人嘅質素都冇！

醫生行出嚟：呢啲……我寫嘅，你有咩意見？

先生走得快，一定有古怪。

自此，我再冇見過佢…… ♥ 5K

| case #78 | symptom | 菊花受罪 |
|----------|---------|----------|
|          | remark  |          |

電話響起～

我：你好，乜乜診所。

對方係一位女士：姑娘呀？我有嘢想請教下你呀。

先請而後教！未～請～教～

我：醫學上嘅嘢我答唔到你㗎喎？

佢：放心放心，我明嘅，唔係醫學嚟㗎～

咁日常生活呀感情問題嗰啲，你要搵白姐姐喎。

我：請問你想問啲咩呢？

佢：有啲 Confuse，Er……唔知問唔問好呢……

Bye～咁收線啦。

我：咁你考慮好問定唔問先再打嚟好冇？

佢：都係啲易接觸嘅嘢嚟……好平常，不過我又有啲 Confuse……

我：嗯。

佢：Maybe 好多人都有呢個問題⋯⋯

我：嗯。

佢：Maybe 得我有呢個問題⋯⋯

你講晒啦～

我：可唔可以入正題呀？我仲有嘢做嘅，如果冇咩事嘅我想收線～你有咩事嘅都可以嚟睇醫生嘅。

佢：我都講到好白⋯⋯

我悟性太低：唔好意思呀小姐，我聽唔明呀。

佢：我啲大便有些少爛⋯⋯

睇醫生囉！打電話嚟想我幫你遙距搓硬返啲屎咩？

我：咁你嚟睇醫生啦～我哋今日開到七點嘅。

佢：姑娘，你唔好介意我粗鄙，我唔知可以點講得文雅啲。

我：嗯～

佢：我懷疑我係俾人屈到屙爛屎，係咪好多人都會㗎？

⋯⋯大佬，你知唔知我返緊工唔可以笑得太大聲㗎？你遇到嘅係

攪屎棍呀?

我:正路入嘅話呢……就唔會嘅。

佢:我哋正常交合姿勢嚟㗎!咁即係有問題呀?我已經去咗好多次廁所喇……

我:不如你嚟睇醫生啦,可能腸胃炎呢……

佢:唔係俾人屌到屙爛屎咩?

你放過我啦好冇呀,我就快忍笑忍到屙爛屎啦~  6.5K

| case | symptom | 凡事總有第一次 |
|------|---------|----------------|
| #79 | remark | |

一位男士嚟到診所，企喺登記處度齋望唔出聲……

我：先生，係咪睇醫生呀？

佢：我想拎返 5 月 30 號張假紙。

我望下月曆，5 月 30 號診所冇開喎……

我：你 5 月 30 號有喺度睇過？

佢：有呀。

日光日白咁猛鬼嘅，唔怕，我搵篤童子尿嚟淋下花就冇事㗎喇！

我仲陰你唔到：但係我哋冇開喎？

佢：冇可能！我嗰日先睇完！

我：你係咪去錯第二間呀？

佢：嗰日明明係你同我登記！

哇，猛到有人扮豬呀？呸！係扮都扮個正嘅呀～

我：我冇返過工喎……我哋冇開工呀～

佢：咁我仲攞唔攞到 30 號張假紙呀？

我：攞唔到。

佢：哎，今鋪真係仆街喇，我老闆話冇就仆街⋯⋯

我哋都靜了，安靜地互相望住對方。唏～門口嗰邊呀～

佢重複：哎，今鋪真係仆街喇，我老闆話冇就仆街，咁點算呀？

我反覆思考都諗唔到點答：咁呀⋯⋯冇計喎⋯⋯仆次街囉？

我哋又靜了。

佢：你幫唔到我呀？或者有冇啲乜可以贈下我？

我真係恭喜你呀，啱唔啱聽？  4K

———— comments ————

Tommy Law
有，贈興啱嗎？

Lok Yiu
歡迎你仆街！

223

| case | symptom | 問問聞聞 |
|------|---------|---------|
| #80 | remark | |

有日，一位男士嚟到診所。

佢行埋嚟登記處：我可能應該要睇醫生。

又可能又應該，諗掂未先～入到去唔喜歡嘅都唔會俾彈醫生鐘呀！

我：麻煩身份證登記吖。

佢猶豫。

我：先生？

佢繼續猶豫。

我：你睇唔睇呀？要睇嘅就要登記呀～

佢：我知⋯⋯

知你仲成碌粉葛咁？

我等了又等。

佢：姑娘，不如你問下？

我：有咩嘢想問呀你？

佢哄埋嚟「呵～」咗一口氣。

我頂你個肺呀！

我立即掩口鼻：哇，咩事呀先生？你做咩呀？

佢：我咪話畀你問下囉！

「聞」下呀嘛？咁你畀我聞嚟做咩啫？

我：咩事呀？

佢：你頭先聞完點呀？感覺點呀？

我覺得好痴線咋：咩嘢感覺呀？可以有咩感覺呀？

佢：臭唔臭呀？要唔要聞多次呀？

你都痴蛋殼嘅，三九唔識七聞你口氣做咩呀？醫生！呢份工好難撈呀！我份人工唔包試毒呀！

我：唔好唔好唔好唔好唔好唔好！

佢：即係臭唔臭呀？

我：唔好意思呀先生，我頭先呢，聞唔到嘅，因為呢啲就唔係我可以判斷嘅，不如登記咗睇醫生先啦？

佢：即係我要入去畀醫生聞下呀？

我：做人呢，就唔使咁急進嘅，等醫生了解咗先，逐步嚟呀～

佢：不如你嗌醫生出嚟聞下先呀？可能我唔使睇醫生呢？

咁你即係嚟運桔啦～

我：唔睇醫生又點可以了解你咩事呢？登記咗先啦⋯⋯

佢：我其實聞唔到自己有味，不過我女朋友話有咋。

我：口腔有味都有好多可能性嘅，咁可以畀醫生睇咗先～

佢：你幫我叫醫生出嚟呀，睇下佢聞唔聞到先決定啦。

我：要睇醫生就要登記就要入房。

佢：聞下咋喎，唔係唔得呀？

我：唔得呀。

佢：聞下啫，咁我未必需要睇㗎。

我：醫生唔會聞一聞就知道你係咩事，可能仲要做其他檢查嘅。

佢：你唔想睇我就由佢啦！

佢離開診所。

明明係你自己唔肯畀醫生睇，又唔肯登記⋯⋯我哋唔係口氣測試機呀親～　❤ 3.9K

| case | symptom | 你的我的門口 |
|------|---------|-------------|
| #81 | remark | |

💉 電話響起～

我：你好，乜乜診所。

佢：姑娘呀？

我：係～有咩幫到你？

佢：你信唔信我而家會喺你眼前出現？

⋯⋯咩料呀你～我要唔要扮驚喜呀？

我：係到就快，我哋仲有五分鐘就截症。

佢：五分鐘？你咁猴擒呀？

唔係我猴擒，係醫生猴擒～

我：醫生一夠鐘就會走嘅，如果趕唔到嘅就下晝四點後再嚟啦。

佢：其實我喺門口㗎喇！

我：嗯，咁入嚟啦。

佢：我未入得嚟住，你可唔可以嗌醫生等下我？

我明明聽到你背景有電視聲⋯⋯

我：你下畫四點後嚟啦～

佢：我真係喺門口㗎！

仆街！喺門口就入啦，家陣你拍 AV 咩～喺度捽喺度磨，等醫生大叫「官人，我想要呀～」咩？

我：仲有四分鐘就截喇～

佢：四分鐘我扯枝煙都唔得啦！

我唔食煙，唔知你要扯幾耐～

我：趕唔到嘅就下畫先嚟啦～

佢：我都話我喺門口咯！

我：邊個嘅門口呀？

佢：而家係我嗰個，好快就會係你嗰個……

食屎啦你。

嘟。

收工。鎖門～  5.1K

229

| case | symptom | 你個嘢壞咗呀 |
|------|---------|------------|
| #82 | remark | |

有日有位先生嚟到診所。

佢行埋嚟問我：我呢度有張假紙呀，可以點算呀？

我：假紙？你交畀公司㗎喎。唔係交畀我㗎～

佢：我交咗㗎。

我：但係我哋應該淨係開咗一張病假紙畀你咋喎？唔會你交咗之後都仲有張喺度㗎？

佢：哦！係呀，我呢一日冇放到假呀，我之後返咗工呀。

我：即係你唔需要張病假紙啦？如果係嘅，你可以自己處理佢，留起佢又得，撕爛佢都得㗎，我哋唔會收返㗎。

佢：但係嗰日我好似有畀錢㗎喎？

你拎張病假紙嚟係打算退錢嗎？你個嘢壞咗呀？

我：嗰日睇醫生就梗係嗰日有畀錢啦，醫生有為你診症，你仲有藥攞咗返去食㗎嘛？

佢：但係我唔使放假喎？

我：張病假紙我哋冇額外收錢㗎～

佢：但係嗰日我有畀錢㗎喎？

人嚟！同我拖佢出去洗耳仔！

我：我知你有畀錢呀，嗰日你畀嘅係診金同藥費嚟～張病假紙係冇另外收錢嘅。

佢：但係我冇放假喎？我冇用到喎？

但係但係但係，但咩係啫～

我：張紙你畀返我都冇用嘅～我哋唔會收返㗎。

佢：咁即係佢係廢紙呀？

我：你唔需要佢嘅就係～不過佢背面仲好白雪雪，你可以留返嚟寫下嘢嘅～

佢：係廢紙你又收我錢嘅？

你係咪腦閉塞呀先生～要唔要搵渠王同你通通佢呀？

我：張病假紙我係冇收你任何錢。我哋係收診金同藥費～明唔明呀先生？

佢：我唔明㗎，我呢張嘢冇用過，但係你哋唔畀返錢我，我唔明呀！

我：其實張紙已經係用咗㗎喇，上面已經寫花咗㗎喇……

佢：即係廢紙呀？

我哋仲要再繼續咁去到幾時呀?

我:係呀。

佢:即係你哋唔會收返?

我:唔會呀。

佢:即係冇用㗎啦?

我:係呀!

佢:即係廢紙呀?

我:⋯⋯係呀。

佢:即係我拎唔返啲錢呀?

我:冇得拎返㗎,你走啦好冇呀?

我唔想搞大件事呀。

佢:哦,原來醫生你哋係咁樣呃啲百姓嘅。唔怪得個個都話要做醫生啦,原來一張紙都要幾百蚊,早知我都做醫生啦!

佢邊碎碎唸邊離開。

有早知嘅,我就搵定幾個通渠師傅喺度啦⋯⋯  3.6K

| case #83 | symptom | 網上醫生 |
|---|---|---|
| | remark | |

✐ 電話響起～

我：你好，セセ診所。

佢：喂？診所呀？我想問啲嘢呀。

我：嗯？咩事？

佢：我個 BB 生咗好似疹咁嘅嘢呀。

我：帶佢嚟睇醫生啦～我哋今日收 7 點呀。

佢：你可唔可以幫我問下醫生係咩嚟呀？

你覺得我可以隔住電話睇到嘢？

我：我哋都睇唔到係點樣，又點問呢？你帶佢嚟畀醫生睇啦。

佢：我上網問咗人㗎，佢哋講咗好多樣嘢，個個都唔同答案嘅？

因為網上嗰啲係路過熱心人嘛……

我：你都要帶佢嚟睇先知係咩事㗎～我哋喺電話度答你唔到嘅。

佢：醫生方唔方便上 Facebook 望下呀？我喺個 Group 度有出 Post 問㗎。

我：醫生唔上 Facebook 咁樣診症㗎……

佢：我唔係要佢診症呀，佢答一答我係咩嘢就得㗎喇，當朋友咁答我吖？

邊個想同你做朋友？

我：唔好意思呀太太，如果要睇醫生就 7 點前嚟到啦，冇其他問題嘅話，我收線㗎喇，我仲有其他嘢做～

佢：你都冇解決過我個問題！

我想解決你就真。

我：我哋醫生唔會上 Facebook 答問題同診症呀太太。

佢：佢唔上網㗎咩？上開望下，答一答有幾難呀？好難為佢咩？為市民服務㗎嘛？

醫生，大家都覺得你係唔使食飯唔使交租呀，不如你由今日起喺診所出面掛個「我愛世人，有求必應」牌匾啦？黃大仙唔出聲都搵得多過你⋯⋯

我：唔好意思，醫生唔會上網答任何問題，憑一張相真係好難診症。

佢：咩嘢一張相呀？好多角度㗎～你嗌佢上 Group 睇啦！

我：如果有需要嘅，請 7 點前嚟睇醫生啦～

佢：離晒譜喺，家陣叫你答少少嘢啫。唔睇呀！

嘟。

我唯一可以答到你嘅係，網上無真愛呀。　♥ 5.7K

我上網睇唔係咁講喺喎！

| case | symptom | 分享 |
|------|---------|------|
| #84  | remark  |      |

有日一位公公帶住個孫嚟到診所。

公公登記後,叮囑孫仔:一陣阿公入去睇醫生,你可唔可以好乖咁坐喺度等阿公出嚟呀?

孫點頭:我唔睇醫生,我坐喺度!

公公:係呀,今日唔係你睇,你坐喺度等阿公喎。

公公入醫生房前同我講:姑娘,唔該你同我睇一睇住佢呀。

我:好呀~

孫仔坐喺櫈上腳掁掁,掁呀掁~佢望下我。之後落地,行埋嚟。

我:小朋友,做咩事啊?

佢指住登記處嘅一個玻璃盤:姨姨,呢個我可唔可以食呀?

我:梗係可以啦!

玻璃盤上係一堆糖果同朱古力,來源係⋯⋯每年大時大節前後都會有好多禮盒送畀醫生,我哋食唔晒就會擺出嚟畀人清貨。

我拎住個盤行出去畀小朋友:你想食邊啲呀?自己揀吖~

佢「嘩」咗一聲。

我：做咩呀？

佢望住我：姨姨點解你咁有錢嘅？

我：我？我冇錢呀。

佢：呢度好貴㗎，你有好多錢呀！

我笑笑：呢啲係其他人送畀醫生食㗎，你想食都可以攞呀～

佢：我真係可以攞？

我：係呀。

佢拎咗粒金莎，再拎粒瑞士糖，之後再望住粒 LINDOR。

我：唔緊要喎，想食就攞啦～

佢：我可唔可以攞埋畀婆婆食呀？婆婆好鍾意食朱古力。

我：你咁叻記得婆婆鍾意食咩～攞啦！

佢：婆婆話佢以前好鍾意食朱古力，所以佢個口入面冇晒啲牙㗎！我都好鍾意食朱古力，但係公公婆婆話呢啲要好多好多錢嘅人先有得食，佢哋話而家我哋冇錢呀……

我：你等等呀～

我行返入房打開儲物櫃拎咗兩個朱古力禮盒。

我：呢兩盒畀你拎返屋企吖～

佢再「嘩」一聲，將雙手收喺背後，唔敢拎禮盒。

我：做咩呀？

佢：你畀咁多錢我，我唔可以要㗎！

我：呢啲係朱古力嚟嘅，係人哋分享畀我哋，之後我再分享畀你～

佢：分享？

我：因為我哋食唔晒，所以就擺出嚟同其他人分享，其他人拎咗食咗會開心嘅，咁呢個分享係咪一件好事呀？

佢諗諗：我食朱古力好開心㗎！

我：婆婆要唔要開心呀？

佢：要！

我：咁呢兩盒就係我分享畀婆婆同你嘅～你哋新年要開開心心咁食朱古力啊，知唔知呀？

佢：我可唔可以同同學分享㗎？我嗰班有個叫乜乜乜，仲有個乜乜乜都鍾意食。

我：可以呀～

佢低頭望住禮盒，摸摸禮盒。

公公出嚟，孫仔拎住兩盒朱古力跑向公公：公公，我有朱古力呀！

公公：你喺邊度拎㗎？

孫：姨姨。

公公望住我，我：送畀你哋食㗎，我哋自己都食唔晒，所以畀啲佢食呀～

公公：唔好意思呀，真係多謝你，可唔可以幫我多謝醫生呀？

我：好呀冇問題呀～

公公同孫仔坐埋一邊，孫仔問公公：公公？婆婆冇晒牙仲可唔可以食朱古力呀？

公公笑笑：都冇晒牙囉，仲怕咩食呀？

孫仔掩掩口：我仲有牙，我係咪唔食得呀？

公公：食少少啦，唔好食晒呀！

孫仔點頭。

能夠請到你哋食嘢，令到你哋笑係我工作上嘅榮幸。 ❤️ 8.5K

239

| case | symptom | 交通燈 |
|------|---------|--------|
| #85 | remark | |

有日一班家長各自帶小朋友嚟睇醫生。

登記後，一班家長自成一國有講有笑，小朋友們就打成一片……

「啊！唔好呀！媽媽媽媽媽媽媽！佢打我呀！媽媽！」其中一位小朋友喺度大叫，不過佢阿媽冇理佢，繼續同班太太傾偈。

我：喂喂喂喂喂，好停喇，坐定定啦你哋。

不過冇人理我。

「啊！媽媽媽媽媽媽媽！嗚……哇……啊……」佢喊了，衝去媽媽方向，伏喺媽媽腿上大哭大叫。

呢個時候媽媽先問佢：做咩事呀？

佢抬頭：嗚，佢咬我呀！

媽媽先驚覺佢耳仔被咬到紅咗一忽：邊個咬㗎？

當然冇一個小朋友企出嚟認，媽媽就問個仔：邊個咬你呀？

佢：唔知呀，嗚……嗚……

媽媽：係邊個咁冇家教呀？吓？死咯，有冇愛滋㗎？

眾媽媽好安靜。

媽媽拖住阿仔行埋嚟我度：姑娘，我個仔喺你度受咗傷喎。

我：一陣入去睇醫生可以畀醫生睇埋呀，下個都到佢喇。

媽媽：佢喺度受傷係咪你哋負責呀？

我：吓？好似係你哋一班小朋友自己整到呀？

媽媽：都係喺你哋度呀嘛，你見到嘅你唔分開佢哋唔阻止佢哋？

以後大家見到診所有一個個透明大格，唔好問點解，因為我想將大家隔開，以策安全……

我：我就坐喺度，你哋就坐喺佢哋面前咋喎？

媽媽：個場你睇㗎嘛？下嘛？我冇講錯吖嘛？

我：睇住自己嘅小朋友係你哋嘅責任呀。

媽媽：如果咁講嘅，唔通我個仔衝出馬路俾車撞又係我嘅責任囉？咁佢喺度整親㗎嘛，咁梗係你哋負責啦！

我：你呢個比喻其實有啲唔太啱，我喺嗰個環境下都只不過係一碌好被動嘅交通燈，咬傷你仔仔嗰個先係撞你個仔架車，所以而家都係一樣。當然你過馬路時冇拖好你個仔，你其實都有責任。你唔會怪個交通燈未轉燈㗎嘛？係咪？我咁講啱唔啱呀太太？

241

其他媽媽上前捉佢返埋位勸佢：算啦算啦，你個仔都冇事，紅咗咗嘛，男仔之間打交係閒事啦，好小事咋嘛……

佢一臉懵懂：佢頭先講咩呀？咩嘢交通燈呀？我都唔明佢講咩？你哋明唔明呀？佢似交通燈咩？

就算我係交通燈，都係一碌粗壯嘅交通燈。 ♥ 3.1K

| case | symptom | 半夜大客 |
|------|---------|---------|
| #86 | remark | |

一早邊食早餐邊聽留言～「你有五個新訊息。」一晚啫，搞乜呀？

X 月 X 日上午 1 時 36 分
「醫生？我見唔舒服，可唔可以而家嚟睇呀？」

X 月 X 日上午 1 時 39 分
「醫生？我喺張床度典咗好耐都瞓唔到，我想問有冇得配安眠藥？」

X 月 X 日上午 1 時 44 分
「醫生？喺唔喺度？我上網搵唔到你手提電話，係咪淨係得呢個電話聯絡到你？你覆返我啦好冇呀？我瞓唔到呀，我由 1 點典到而家，唔該晒，我等你覆我呀」

X 月 X 日上午 1 時 49 分
「我打咗個幾鐘畀你啦，你有返啲醫德嘅就重視下我啦！你睇唔睇我都覆返我吖？」

X 月 X 日上午 1 時 56 分
「我個人唔似得你咁冇責任感！我打嚟唔係叫你睇我，唔係求你！我 Call 咗白車（救護車）喇！係咁！我以後都唔會睇你！」

噢，醫生，我個早餐都未食完，你就冇咗個「大客」。不過都要提醒大家，唔好濫用救護服務呀！ 👥 4.4K

| case | symptom | 浪費 |
|------|---------|------|
| #87 | remark | |

✎ 有日，一位我記得嘅舊症嚟到診所。

我：好耐冇見你喇～最近好嗎？

佢：好返好多喇～有心。

我：今日嚟睇醫生呀？

佢捧上一盒西餅：唔係呀，我想嚟多謝醫生，可唔可以畀我入去親自同佢講句多謝呀？

我：啊？我入去睇下醫生得唔得閒呀～你等等呀～

佢：好呀。


我入醫生房問：阿乜乜嚟咗，話想多謝你呀醫生，你見唔見下佢？

醫生望住電腦問我：佢有冇拎啲咩嚟？

我：有呀，有盒西餅。

醫生繼續望住電腦：嗌佢放低啦。

我：唔見？

醫生：嗯。

我行返出去：唔好意思呀，醫生唔得閒呀～

佢：我明嘅，咁你幫我畀醫生呀，多謝佢呀！

我：好呀～

佢走咗之後，我拎盒西餅入醫生房。

我：醫生，佢畀你嘅。

醫生望望：送埋啲垃圾嚟，你掉咗佢啦。

我：吓？咁浪費？

醫生：冇誠意嘅垃圾。

我企咗喺度望住盒西餅。

醫生望望我：仲唔掉？

我：可唔可以唔掉呀？畀我食得唔得呀？或者送畀人？

醫生：我嗌你掉。

人哋都係一番心意啫，我冇份食都算啦，最傷心係浪費呀！  2.5K

―――― *comments* ――――

珍寶豬
其實一封感謝信已經好足夠了～
唔需要額外送禮呀～

Fanny Tung
做佢啲客送禮都要分貴賤，唔食
西餅咁佢食屎啦！

| case | symptom | 室內露出 |
|------|---------|---------|
| #88 | remark | |

有日一位小姐嚟到診所。

佢行埋嚟登記處問我：阿姨呀，你哋睇唔睇女人呀？

姨你屎忽。

我：睇呀，男女老幼都睇。

佢：咁你可唔可以睇咗我先呀？

我望望診所內四周，都冇其他人⋯⋯

我：都冇其他人喺度，你而家登記就而家睇㗎喇～

佢：你同我睇咗先吖。

我：麻煩你畀身份證我登記吖。

佢突然揭起上衣，露出胸圍！啊～媽呀～我對眼呀⋯⋯

我是 Say No 的：小姐小姐，停一停，你做咩呀？

佢：你同我睇吖嘛。

我：我又唔係醫生，畀我睇嚟做咩呀？

佢：你睇下我要唔要畀醫生睇吖嘛。

我：唔使畀我睇㗎，畀醫生畀醫生！

佢：佢會唔會話我冇得醫㗎？

多數畀醫生話冇得醫冇得救嗰個都係我⋯⋯

我：如果我哋醫生覺得有需要嘅，都會轉介你去專科嘅，現階段就唔使咁擔心嘅，登記咗畀醫生睇咗先啊～

佢再扯胸圍～啊～媽呀！我今晚唔食提子喇！

我：小姐，你可唔可以冷靜少少⋯⋯

佢：唔係呀，你同我睇下先啦～

你有露出癮嗎？

我：我都話咗唔係我睇㗎～我睇完都冇用㗎⋯⋯

佢：我呢度啲皮好硬呀，你睇下先啦！

我：我唔睇呀～你畀身份證我登記啦！

佢：大家都係女人，你又有我又有，我都唔知你驚乜！

你唔好擺埋隻撻上嚟畀我睇？

我：我睇呢就真係冇用，係醫生醫你，唔係我醫你吖嘛，你一係就畀醫生睇，一係就唔好睇。

佢：畀你睇下咋嘛，咁惡做乜㗎，阿姨。

姨你屎忽。我睇自己嗰個唔好？幾十歲人都唔化嘅～　♥ 4.2K

電話響起～

我：你好，乜乜診所～

佢：我嚟緊㗎喇！

我：我哋 12:45 截症啊，而家得返三分鐘……不如小姐你下晝 3 點後再嚟啦～

佢：三分鐘乜都夠啦！我上咗的士㗎喇！

我：哦～好啦～

收線後，我哋一直等到 12:48 都冇人嚟……於是我哋鎖門了。

食晏後返嚟，留言信箱有訊息……

下午 1 時 10 分：「喂？喂？姑娘呀？我轉個彎到㗎喇！（電話拉遠咗）我頂你個肺咩！你家陣花車巡遊呀？我行都快過你啦！隔籬架巴士都過咗喇！你係咪孻線㗎？而家幾點呀？你唔好揸的士啦！（電話又拉近）喂？轉個彎到喇！（電話又拉遠）過啦仆街！噴！頭先綠燈又唔踩油！你做乜呀？等多盞燈搏乜呀？你識唔識揸車㗎？你落車！我揸呀！」

直到當晚收工，我都唔覺佢有嚟睇醫生……  4K

# 小姐你還好嗎

249

| case | symptom | 珍貴的頭髮 |
|------|---------|-----------|
| #90 | remark | |

有日，一位頭髮長長、長到真係好長嘅小姐睇完醫生～

出藥時，佢挨住張枱，雙手托腮咁欣賞我出藥。

我：呢度 \$250。

佢繼續雙手托腮。

點呀～你咁喜歡托，何不到廁所托呀？

我重覆：小姐，呢度 \$250 呀。

佢緩慢地移動雙手，其中一隻手向自己嘅頭髮梳梳撥撥。由於佢頭髮太長關係，喺我眼中佢呢個梳頭髮嘅動作就好似一隻樹懶咁⋯⋯慢⋯⋯

終於等到佢梳到尾，佢望望手指間：哎，我嘅頭髮呀！

冇事嘅，一個正常人至少一日甩五十條以上呀～

佢望住我：甩咗喎？

我望住佢：係呀。

佢望住我：點算呀？

我望住佢：垃圾桶喺你右手邊。

佢望住我：吓？搞甩佢叫我掉佢去垃圾桶？

你喜歡嘅，可以食咗佢嘅……不過我就唔係咁建議～

我：啊～咁任你處置啦。

佢：嗌你老細出嚟。

我：點解呢？咩事呀小姐？

佢：嗌你老細出嚟！

我唔知我幾時得罪咗你，不過你想叫老細，我咪叫老細囉～大家姐，有人搵你呀～

大家姐：做咩呀？

佢：你個員工整甩咗我條頭髮！

我幾時有整過？

大家姐：哦～

佢：我唔該你賠返畀我，亦希望你會好好教育你員工點先係待客至上。

大家姐望望我，碌你個街吖蝦餃又燒賣吖，望第二邊望第二邊！唔好望我呀～

大家姐行埋嚟我度，唔好呀唔好呀！菠蘿餐包魚肉翅呀～～～

大家姐將幾條頭髮放喺枱面：賠呀，呢度夠賠有凸喇。

小姐目無表情地擺低 $250，目無表情地離開。

我目無表情 Too……我啲豬毛都好珍貴㗎，嗚嗚…… 5.7K

---

*comments*

---

**Ben Hung**
見親大家姐就會代入左魯芬 BB 嘅形象，嗚嗚……

**珍寶豬**
點解冇人關心我痛唔痛……
明明呢篇係取暖文……

*溫馨系列

# #91-100

診所低能奇觀5

FUNNY + CLINIC

| case | symptom | 200分爸爸 |
|---|---|---|
| #91 | remark | *溫馨系列 |

🖊 一位先生氣都喘埋咁嚟到診所：姑娘，我要睇醫生呀！

我：好呀，我同你登記先呀，麻煩你畀身份證我吖～

佢：哎，死火，我漏咗喺公司……

我：如果你要病假紙收據就要身份證明文件呀。

佢：我唔使呀唔使呀，我想醫生幫我打枝止痛針，特效嗰隻，唔使要假紙收據呀。

我：咁你喺度填返你啲個人資料先啦。


登記後，佢問：姑娘？可唔可以快少少呀？我仲要返去開工㗎！

我：先生，可以入去見醫生喇。

入到醫生房，醫生問：今日有啲咩唔舒服呀？

佢：我想打枝止痛針，特效嘅。

醫生：你邊度痛呀？

佢：我膊頭呢度痛咋嘛，打枝針得唔得呀？

醫生：痛咗幾耐呀？

佢：唔記得喇，醫生你可唔可以同我打枝針呀？我趕住返去開工㗎！

醫生：你做咩職業㗎？

佢：我喺附近個地盤返工㗎，做做下嘢頂唔順先走過嚟，我唔可以行開咁耐㗎，你可唔可以即刻同我打枝針呀？

醫生：打針止痛係一時嘅，如果你繼續做勞動嘢嘅，冇辦法俾啲

肌肉休息，有可能會令佢繼續惡化，不如我寫幾日病假畀你休息下？

佢：唔得，我病假冇水補㗎，手停口停呀。

醫生：寫張輕工紙畀你呢？

佢：唔好講笑啦醫生，做得地盤邊有輕工呀，搏炒咩？我冇嘢做好大鑊㗎！你同唔同我打枝止痛針㗎？我真係趕住返去呀……

醫生唯有幫佢打枝止痛針減輕佢嘅痛楚。

之後幾乎隔日都會見到佢嚟。

我：又痛呀？又打針呀？

佢笑笑：係呀。

我：你咁唔掂㗎喎，不如哻下吖？

佢：頂到暑假呀，暑假就哻㗎喇，暑假見我唔到㗎喇。

我：點解呀？地盤完工㗎？

佢：暑假個女冇學返，冇人睇住個女我咪冇得返工囉！

我：咁到時你好好畀自己哻下啦～可以嘅話，就做個檢查啦～

佢：檢咩查呀，男人老狗唔使啦，睇唔到就冇事㗎喇！我有事就大L鑊喇！我個女都唔知點算呀！冇咗個老母，仲要冇埋個老豆！

我：檢查啫～邊有人話要死……呸過你把口！

佢：入得去打針未呀，叫醫生嚀嚀聲啦～

我：入面有病人呀～咁你暑假過唔過嚟做個檢查呀？照張X光都好呀～

佢：哎唔好呀唔好呀，唔好煩我搞我啦，有錢都留嚟同個女食多杯雪糕啦！你知唔知做我哋呢啲單親老豆好慘㗎？成世俾個女騎住㗎！佢而家咁大個都話要騎膊馬呢下死呀！

雖然佢口講「呢下死」，但係佢個樣係喺度甜笑，有女萬事足咁樣～

我：你個膊頭咁就唔好俾佢騎膊馬啦……

佢：為女死為女亡！我呢世咁頻撲為個女㗎咋，我界唔到個 100 分嘅阿媽佢，唯有做個 200 分嘅老豆。

我：阿 200 分老豆，可以入去喇～

200 分老豆，你今個暑假玩得開心冇？肯檢查未呀？ 👍 13K

| case #92 | symptom | 婆婆與孫女 |
|---|---|---|
| | remark | ＊溫馨系列 |

✎ 有一位婆婆每次嚟到睇醫生，都會同我講：我長者嚟呀，有得平呀。

我每次都笑笑點頭：係呀，我記得呀，放心啦，一定係長者優惠呀～

然後，每次出藥佢都會繼續講：我長者係咪已經好平喇？

我：係呀，冇收貴你㗎～

佢：你同我問下醫生，有冇得再平啲？

曾經我就問過婆婆：你係咪經濟上有啲唔方便呀？

佢：咁又冇，我唔捨得啲錢呀……

婆婆每次嚟都會係一式一樣嘅對白。

有次，婆婆同位年約十八廿二嘅孫女嚟睇醫生。

婆婆行埋嚟同我講：呢個係我孫女，有冇得平呀？

我：婆婆，你個孫女係成人收費呀～

佢：係呀？

我：係呀，佢未係長者呀～你哋坐低等等吖。

到睇完醫生，出藥後，孫女喺自己銀包拎錢出嚟～

婆婆立即喺佢個百寶袋度掏出一張 $500：姑娘，收我呢張呀！

孫女：我自己畀得喇。

佢哋兩個喺度爭畀錢……

婆婆同孫女講：今次等阿婆畀呀，你啲錢留嚟自己用呀！

孫女又同返阿婆講：阿婆，我大個喇，我識搵錢㗎喇，你啲錢你留嚟買嘢食啦！

婆婆：我都幾十歲人仲食得幾多吖？等阿婆畀！

我望住眼前成日話唔捨得啲錢嘅婆婆：婆婆呀，不如今次俾你個孫女自己畀錢啦。

我接過孫女手上嘅錢，婆婆：阿婆我有錢呀！

我：我知你有錢～不過孫女都咁大個啦，佢想自己畀錢咪畀佢自己畀囉～

孫女點頭。

婆婆將手上嘅 $500 塞向孫女手中：咁呢張畀你吖，你袋住吖！

孫女：我唔要呀阿婆，你自己買嘢食啦～

婆婆好似咩都聽唔入耳，繼續塞：攞去啦攞去啦⋯⋯

孫女：阿婆你聽話啦，平時死慳死抵留埋啲錢就好好地用啦～

婆婆：我畀你用阿婆就最開心啦！

我：不如你哋去食餐好㗎啦，以前醫院啲姨姨講要食飽先會病好㗎！

婆婆一手握拳揸實嗰張 \$500，一手拖住孫女行出診所：呢餐阿婆畀，鍾意食咩呀你？

孫女回頭望住我笑：Bye-bye 喇姑娘～


婆婆雖重視錢財，但喺佢心目中，你更勝錢財。 ♥ 8.2K

## #93 | remark 守護我的天使
*溫馨系列

喺診所，有一位伯伯成日嚟睇醫生，每次嚟到佢都唔係一個人的，係一家三口嚟，包括佢老婆同佢個女。

佢個女有時會行得比佢哋快，率先衝入診所同我打招呼：姑娘～早晨！

即使已經係黃昏，佢都只會講早晨。

有時阿女會行得比佢哋慢，伯伯會推開隻門溫柔咁同女講：**慢慢行呀**。

阿女入到嚟都係會講：姑娘～早晨！

阿女係唐氏綜合症。

三人排排坐，阿女一定係坐中間的，婆婆好少出聲，對眼永遠都離唔開阿女，阿女笑，婆婆就會笑埋一份，畫面好靚。

幾多對持續愛到幾多歲……

婆婆走了。三人變成二人……

女：姑娘～早晨！

我：早晨呀～你哋坐坐先吖。

伯：好……

伯伯面容憔悴，同阿女滿面笑容好大對比。

我：伯伯，你要唔要飲水呀？我斟畀你吖？

伯：阿妹，你估我仲有幾耐命？

我：做咩呀？係咪有啲咩事呀？

伯：我成日以為我會走得快過我老婆，點知我老婆粒聲唔出咁就走咗，我都走埋嘅話邊個照顧佢（女）？

我覺得呢一刻我畀咩意見都係冇用的，因為佢唔係需要意見，平時應該都有社工跟進兼畀建議。呢刻佢係需要人聽佢講嘢……

伯：我哋以前個年代，仔女命生成，冇得好似而家咁，要仔就有仔，要女就有女……我老婆好堅強呀，我以前花天酒地冇理過佢兩母女，到我咩都冇晒，佢都冇掉低我，個女咁佢都冇出過一句聲……咁多年喇！我都冇畀過我老婆享過一日福……而家得返我一個，我仲有幾耐命睇住佢……

阿女喺伯伯身旁笑，伯伯望住佢都勉強一笑。

伯：佢笑得好靚呀可？

我：係呀～

伯：我問過我老婆點解成日望見個女就笑到眼都瞇。

我：嗯？婆婆點答啊？

伯：佢話喎，做人睇嘢唔使太清楚，冇嘢係可以睇通睇透喎。如果呢個世界有神，個神一定係冇睇清楚先創造咗我哋個女出嚟，特別版嚟喎。

我：嗯……伯伯你入得去見醫生喇～

伯：如果醫生可以話我知有幾耐命剩就好喇，我想知自己仲可以陪佢（女）幾耐。

我：醫生唔係神嘛，而且神都有可能會睇錯……陪得就陪啦～盡力就好喇～

伯笑笑拖住阿女：入去啦女，陪老豆入去啦，以前你阿媽拖你，而家到我喇～


阿女與伯伯相望。


阿女笑住望伯伯伸出手仔，伯伯拖到實一實。面對未知嘅前路，我哋每個人都只可以盡力行好每一步，令遺憾減到最少。👍 13K

| case | symptom | 我的文青太太 | |
|------|---------|-------------|--|
| #94 | remark | | *溫馨系列 |

一對一齊走過大半世紀嘅公公婆婆會定時定候嚟診所量血壓～婆婆每次嚟到都會拎住一本書仔喺度睇。

佢嘅閱讀興趣非常廣泛，我見過嘅由漫畫到烹飪書，再由電腦應用到日系時裝雜誌……

我問過婆婆：你都幾鍾意睇書喎～乜書都有咁嘅？

婆婆唔出聲，但公公就踢爆佢：佢啲書執返嚟喋～扮有書卷味呀！

婆婆面紅紅低頭繼續睇書。

到有日，佢哋兩公婆嚟到，婆婆雖然手上拎住本書，但係就冇睇到。

我：婆婆今日唔睇書嘅？唔舒服呀？

公公代答：佢話最近睇嘢唔清楚，睇得耐好頭痛喎，唔睇都仲要拎住本書，都唔知佢搞乜！

我：婆婆一陣畀醫生睇下對眼吖？好冇呀？

婆婆點頭，手仍然緊緊握住本書。

醫生檢查後，相信係眼球退化引起的老花。

公公問我：醫生叫我哋去配眼鏡呀。

我：呢個商場咪有間眼鏡舖嘅，你可以去嗰度睇下先啊～

婆婆：我唔想戴眼鏡呀。

我：點解呀？

婆婆：好醜樣呀！

我：唔會啦，揀副啱自己嘅，會增加書卷味呀～即刻變而家最興嘅文青都得呀！

公公笑：哎～書卷好呀！你咁鍾意！我哋而家過去啦！

佢哋手拖手離開診所。

到下次見佢哋時，婆婆戴上老花鏡坐喺度睇書，時不時托托眼鏡。

我：婆婆好靚女喎，成個文藝青年咁喎！

公公行埋嚟細細聲同我講：姑娘，你唔好再讚佢喇，佢中咗毒呀～

我細細聲：做咩呀？

公公：佢而家以為自己真係好有書卷味，日日戴住，行過眼鏡舖就話要睇眼鏡喇，連街邊擺喺度賣嗰啲都唔放過呀！

我：咁搞笑？

公公：我唔覺得搞笑呀，我而家日日行眼鏡舖呀，我畀我對眼佢
啦，我冇老花呀！

我：你咪喺佢配眼鏡嘅時候，同佢講呢副唔襯佢，嗰副唔靚女，
都係戴緊嗰副顯得佢最靚咪得囉？

公公望望婆婆，再同我講：你夠膽同佢講佢唔靚女咩？老實講，
我覺得佢係最靚，啲花旦都冇佢咁靚～


婆婆又托托眼鏡了。


唔該我都想要返副眼鏡～
我就快俾佢哋啲閃光彈
閃盲喇！

♥ 8.2K

有位年輕男士嚟到診所。

佢行埋嚟登記處問我：姑娘，我未睇過，醫生睇唔睇我呀？

我：我同你登記先吖，麻煩你畀身份證我吖。

佢靜咗落嚟。

我：先生？

佢：我唔知自己需唔需要睇醫生⋯⋯

我：覺得有唔舒服嘅咪入去見下醫生，等醫生睇下你咩事囉，好冇？

佢：我係個腦不停咁轉，好多嘢喺個腦度出現⋯⋯

佢企喺我面前，雙眼通紅，然後眼淚流咗出嚟⋯⋯

我：你記唔記得係啲咩呀？

佢：我女朋友⋯⋯

我：一係咁，入房同醫生傾下好冇？入房可以坐低慢慢傾，唔使企喺度喎～

佢點點頭。

於是，醫生就開始聽佢講佢同女朋友嘅故事了。

佢：我女朋友大我幾年，佢做嘢好叻，搵錢多過我好多好多……我哋一齊咗都有幾年，好開心。我以為開心會一直落去，我以為喺我眼前嘅佢就係我認識嘅佢，我了解嘅佢。上年開始佢成日有意無意同我講：「我想死呀，我覺得好辛苦好大壓力，你陪唔陪我呀？」，我一直當佢係講笑。我冇認真面對過佢呢句說話，我甚至冇去嘗試搵個問題喺邊。你知唔知呀？佢上個禮拜自殺。嗰一下我先知原來佢係講真……

佢再講唔到落去，佢一直坐喺度喊。

到佢平復咗少少，醫生就問：有冇好啲？而家覺得點樣？

佢：我好想幫佢，過往係我錯，我唔知可以點補救返……

醫生好直接問：你女朋友仲喺唔喺度？

佢：佢仲喺度，但係佢已經唔要我喇……

佢又喊了。

醫生等佢情緒稍為穩定：以前你冇搵過個問題喺邊，冇嘗試去明

白佢嘅話，就趁而家，你多啲陪佢、多啲試下去了解佢。

佢：佢話唔要我喇……

醫生：你試下企喺佢立場諗下，用佢嘅角度諗，呢個時候佢需要人陪，佢話唔要，你咪靜靜咁喺隔籬陪。唔係要你好似跟蹤狂咁，佢抗拒嘅都要保持返個距離。你咁做只係話佢知「有我陪住你。」佢今次咁做得，下一次呢？

佢：下一次？

醫生：嗯，下一次，人冇九條命，錯過咗一次就冇，想留住人就去陪住佢……

佢好似突然明白咗一啲嘢，衝出醫生房，離開診所。

或者而家唔做嘅話，之後就可能冇機會做…… ♥ 8.2K

| case | symptom | |
|------|---------|---|
| #96 | remark | 收據的意思 |

*溫馨系列

💉 有位婆婆喺幾個月內都逢星期一四嚟睇醫生，每次佢最尾嗰句都係：張單係咪放咗喺袋入面喇？

我：係呀～放咗㗎喇～

婆婆並唔係有咩長期病患需要定時睇醫生，而係……

婆婆一入診所門就如常爽朗地舉起左手大叫：姑娘呀，同我登記呀！

我：好呀，你都好準時喎，我都估緊你今日係咪又係呢個時候嚟㗎喇～

佢：唔睇醫生有咩世藝～搵醫生傾下偈，日子易過啲呀！

我：你今次又係邊度唔舒服呀？

佢：冇唔舒服！我不知幾壯健！我隻手指甩皮呀，想拎啲藥膏搽咋嘛～

我：我有潤膚膏喎，你要唔要呀？畀枝你自己平時搽吖？

佢：唔使唔使，睇完畀張單我就得㗎喇！我個仔話拎張單返去就得㗎喇。

我：咁睇法好重皮㗎喎。

佢：佢都唔在意……

睇完醫生，傾完一輪計，出埋藥，婆婆照舊：張單係咪放咗喺袋入面喇？

我：係呀～

婆婆開心地離開診所。

終於有日，一位先生嚟到診所。

佢拎住一疊收據嚟問我：我阿媽究竟咩事成日嚟睇醫生呀？

我望望收據，再望望先生：點解你唔直接問婆婆呢？

佢：呃……我阿媽每個星期就嚟睇一兩次，係咪有咩事？

我：不如你直接問婆婆吖～因為我哋唔可以講病人私隱你知㗎～嗰個係你媽咪，你自己問咪仲好～

佢：如果我哋平時係有幾句嘅，我就唔使過嚟問你啦。

我：或者，你搵日嚟陪佢一齊睇醫生吖？

佢：佢係咪有咩大病呀？

我：大病呢就輪唔到我哋呢啲普通科診所嘅～

佢：咁究竟咩事呀？佢每個星期都睇，每次都就咁擺啲收據喺枱面，我想問佢咩事又唔知點開口，佢平時都唔講嘢嘅……

我：有時老人家呢，就好似小朋友咁～悶嘅時候都想做一啲嘢引人注意，你覺得婆婆會唔會係想你開口關心下佢？

佢：……

我：下次一於陪佢嚟睇醫生啦～你陪佢一次，可能你會發現婆婆其實唔係冇嘢講～

佢「嗯」一聲，拎住疊收據離開診所。

婆婆自此冇再嚟過診所搵我哋傾計，反而我喺大街上見到佢哋兩母子，婆婆挽住仔仔手臂一齊行～好溫馨呀～ 👍 13K

診所內有位姨姨久唔久就會嚟睇醫生 Check 下血糖，因為佢外表好潮、聲音好響亮嘅關係，我記得佢。

隔咗一段時間，佢冇嚟到⋯⋯

之後有日佢出現了。

佢把聲冇以前咁響：姑娘，唔該。

我：咦？你好耐冇嚟喇喎！

佢：係呀，唔係咁舒服。

我：咁你坐坐先吖，我同你登記呀。

入到醫生房，佢講返佢前排冇嚟嘅原因。原來佢⋯⋯大腸癌末期，亦擴散咗去其他地方。

佢好平靜咁同醫生傾下偈，講下佢嘅人生，講下佢嘅過去。

之後同醫生講：我唔使要藥喇，醫生，我淨係想同你傾下偈，當你係一個老友咁，趁仲有機會見下想見嘅人識嘅人。

出到嚟之後，佢望住我：姑娘呀。

我：係～

佢：好多謝你記得我。

我：唔好咁啦～

佢：我已經接受咗喇，嗰啲醫生同我講有得食藥、有得做化療。

我：咁你做唔做呀？

佢：我揀咗唔做。我唔想剩返嘅時間係去做化療，唔想見到一個落晒形唔係自己嘅我，唔想淨係聞到醫院嘅消毒藥水味。到時我怕我認唔到自己，我係邊個呀？我係乜乜乜，就算個天要我走，我都要走得好好睇睇。冇可能走得咁樣衰！

我：明嘅～你自己覺得舒服就可以啦～

佢：居然唔話我蠢？你知唔知醫院個醫生鬧我呀，鬧我唔肯醫呀！

我：真係最緊要自己覺得舒服嘅啫，只要你覺得開心就好啦。

佢：我成世人儲埋儲埋啲錢可以而家一鋪用晒佢，開心㗎！

我：你諗住點使啲錢呀？

佢：去玩啦、去食啦、去扮靚、去個旅行都好，我想去歐洲好耐㗎喇！

我：咁就去啦，去歐洲做個貴婦～影多啲靚相呀，我都未去過歐洲，返嚟話我知有咩好食呀！

過咗幾個月，佢再返嚟診所同我分享佢歐遊嘅趣事～佢一路講一路笑，把聲仍然好響亮。

佢：你真係要去下呀！好鬼靚㗎！去完真係覺得自己屈喺香港太耐，早就應該去見識下，今次真係死而無憾喇！真係好開心！

之後，我再冇見過佢了。

你開心，先係對自己最重要的～ 👍 13K

| case | symptom | |
|---|---|---|
| #98 | BB公公 | |
| | remark | *溫馨系列 |

✎ 有日，一對年老夫婦帶住兩個小朋友嚟到診所。

婆婆吩咐兩個小朋友：你哋坐好，唔好亂咁走呀，阿婆去登記呀。

公公同兩個小朋友乖乖坐低。

婆婆行埋嚟登記處：早晨呀姑娘，我兩個孫想睇醫生呀。

我：好呀，未睇過嘅係咪？你有冇帶佢哋嘅身份證明文件呀？

婆婆：有呀，我女話影低咗喺電話度，你等等呀，我搵下⋯⋯

婆婆拎出電話，皺起眉頭，左篤右篤。

我：不如畀我搵吖～呢啲電話真係好難用。

婆婆：好呀好呀，我學極都學唔識，睇都睇得唔係好清楚⋯⋯

登記後，我：登記好喇，你可以坐坐先，我同兩個小朋友度高磅重先呀。

我行去兩位小朋友度：過嚟度高先啦～

家姐同細佬手拖手一齊跟我走。家姐度完高後,到細佬。細佬望望我唔郁。

我問細佬:係咪有咩事呀?

細佬:醫生姐姐呀……

我踎低同佢講:我唔係醫生呀,做咩事呀?

細佬:公公都要睇醫生呀,醫生你可唔可以醫好公公呀?

我望望坐喺櫈上嘅公公,問細佬:公公有咩事呀?

家姐搶答:公公好蠢呀!

細佬點點頭。

我:點蠢法呀?

細佬:公公連我哋兩個叫咩名都唔記得㗎,仲成日問婆婆係邊個。

我明白了。

細佬繼續講:醫生姐姐,公公係咪唔會好返㗎喇?

咁細個嘅你哋,會明白呢個係一個唔會好轉嘅病嗎?會明白咩叫

腦退化嗎？

我：婆婆有冇同你哋講公公點解會咁呀？

家姐：冇呀。

我：公公佢而家都係一個小朋友，不過你哋會越變越叻，但係公公就唔會，佢可能會好多嘢都唔記得，好多嘢都會唔識，要你哋教佢幫佢。你哋有冇玩過湊 BB 遊戲呀？

家姐舉手：我有！

細佬擰擰頭。

我：咁家姐知唔知湊 BB 要點㗎？

家姐：要餵佢食嘢、幫佢洗面！

我：係喇～而家公公咪係一個大 BB 囉！

家姐同細佬望望公公。

家姐：我識湊 BB 呀！

我：咁你就要好好照顧公公，去邊都拖住婆婆同公公好冇？

細佬：我都識㗎！

我：大家一齊照顧呀～你哋食飯嗰陣就快啲食完自己嗰碗，要食飽先有力湊大 BB 㗎，知唔知呀？

家姐：我食好多飯㗎！

我：細佬呢？

家姐：佢成日扭計唔食飯要婆婆餵㗎！

細佬：我以後會自己食！食完仲會餵公公食！

我：咁就乖喇～你哋以後就幫婆婆一齊湊大 BB 喇喎～

家姐同細佬堅定的點頭。

度高磅重後，兩個一齊張開雙手跑向公公撲向公公：BB 係我㗎！

公公呢個大 BB
一定心都甜埋。

👍 13K

| case | symptom | 生 死 有 命 |
|------|---------|-----------|
| #99 | remark | |

*溫馨系列

🔹 一對年約六十嘅夫婦嚟到診所，太太行動不便，每次出入都由佢丈夫推輪椅。

我：早晨呀～你等我一陣，我拎個斜台出嚟先～

佢哋每次嚟診所，我哋都要裝上斜台方便佢哋出入。

太太：唔該晒你呀姑娘！

我：今日都係你睇呀？見邊度唔舒服呀？

太太：今日唔係我呀，係我老公呀。

先生坐埋一邊抹汗：係呀我睇呀。

我：好呀，我同你登記先，你坐喺度等等呀～

見完醫生之後，因為先生血壓太高，醫生認為有需要去急症室。

我：先生呀，醫生寫咗封信畀你，你一陣交畀急症室就可以㗎喇。

太太問先生：使唔使我陪你去呀？

先生：其實我都冇咩嘢，係有啲暈咋嘛，真係要去呀？

太太：去啦，醫生叫得你去，梗係你好嚴重啦！

先生：咁我送咗你返屋企先啦。

太太：使鬼你送咩～我自己識返去㗎喇，你去急症室啦！

先生：唔得～你一個人我邊放心呀？

我：不如我送太太返上去呀？樓上咋嘛？我蛇一蛇出去可以喎！

太太點點頭，先生：咁好啦，記得返上去喎，唔好俾佢自己一個周圍走呀。

我：知道知道～


先生離開診所後，我就推太太上樓。


太太：姑娘，我老公好煩呀可？我冇自由㗎喇，咁就一世㗎喇！

我：佢都係擔心你啫。

太太：我都聞到棺材香啦，仲細路仔咩～

我：女人有個永遠當自己係細路嘅男人錫好幸福㗎，咩都唔使你煩，你話幾好喇，你淨係負責食到自己肥肥白白就得！


太太笑笑。


喺呢次之後，日子如常的過。


到幾個月後，有人敲敲診所玻璃門。

我行出去望下，係太太。

我：得你一個嘅？你等我一陣，我去拎斜台呀～

太太入到診所：佢走咗喇，突然就咁走咗喇……

我：好對唔住……

太太：一個心臟病就走得咁快咁突然，快到我都接受唔到，以後得我一個點算……佢仲應承過我唔會掉低我一個……

太太喊咗出嚟，我都覺得好難過……

有啲幸福就係會無聲無息咁突然離開我哋，所以要好好珍惜同擁抱每一次幸福嘅機會。 ♥ 8.2K

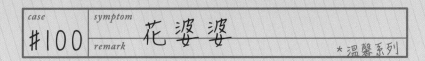

診所內有位婆婆，每次嚟到都會喺醫生房內好耐好耐好耐⋯⋯

佢唔係有咩大病，佢每次嚟到都會同醫生講佢嘅家事，每次都係講同樣嘅嘢。即使過咗幾多個月，都係每次一樣。因為佢先生、佢仔仔都比佢早離開呢個世界了，已經冇新嘅嘢去俾婆婆講。婆婆每次都講佢先生同佢仔仔生前嘅一點一滴，婆婆每次都好似一本日記咁，一頁又一頁咁翻開嚟睇。

醫生曾經轉介過佢，不過婆婆話：我唔係癲唔係傻，我接受咗㗎喇，醫生你唔好趕我走呀，我以前成日同我老公過嚟睇你，喺呢間房我覺得好好。我哋識咗咁多年，你唔好推我畀啲我唔識嘅人啦⋯⋯

熟悉嘅屋企、熟悉嘅地方、熟悉嘅人、最熟悉嘅回憶，一直一直支撐住佢。

到有次，婆婆一早嚟到診所：姑娘，你可唔可以幫下我？

同事：幫你啲咩呀？

婆婆：我死咗嘅話，你可唔可以幫我通知人嚟葬咗我呀？

同事：吓？

婆婆：我應該就死㗎喇，我早幾日見到我老公⋯⋯

同事唔識睇反應婆婆，就唯唯諾諾一句「好」。

之後同事講返出嚟，大家先知有件咁嘅事。

醫生好高興，因為婆婆終於肯搵人幫手～醫生叫我哋聯絡婆婆叫佢落嚟傾傾，同介紹相關機構畀佢。

婆婆嚟到：姑娘，我嚟咗喇。

我：好呀，你坐低等等呀。

佢坐低後望望四周：姑娘，你呢度真係十年如一日。

我笑笑：係呀，都冇裝修過。

佢：等我走咗之後，裝修下。

我：睇下醫生肯唔肯啦～

佢：姑娘呀？係咪我死咗你哋就會幫我執呀？

我：唔係呀，而家有啲機構係會幫人處理嘅，醫生一陣都會同你講解下，或者你可以了解咗先嘅，唔使咁驚咁擔心。其實你肯出聲搵人幫，我哋都覺得你好叻㗎喇，始終唔係個個願意面對死亡～

婆婆雙手捽捽大腿：我唔想一個人死喺屋企，生晒蟲先俾人發現呀……

我：唔會啦，你肯搵人幫就可以㗎喇，唔好自己一個攬晒上身，

要搵其他人分擔下～

佢：如果我走咗，你哋嚟唔嚟睇下我呀？

我：好呀～你到時記得同佢哋講你嘅意願呀！

佢：嗯。

我：入得去喇花婆婆。

佢拍一拍大髀，起身，臉帶微笑行入醫生房。

花婆婆，喜歡百合花，喜歡皮蛋酥。　👍 13K

# 敏感知多啲

香港每兩個人就有一個患有唔同程度嘅敏感症，
常見例子如下：

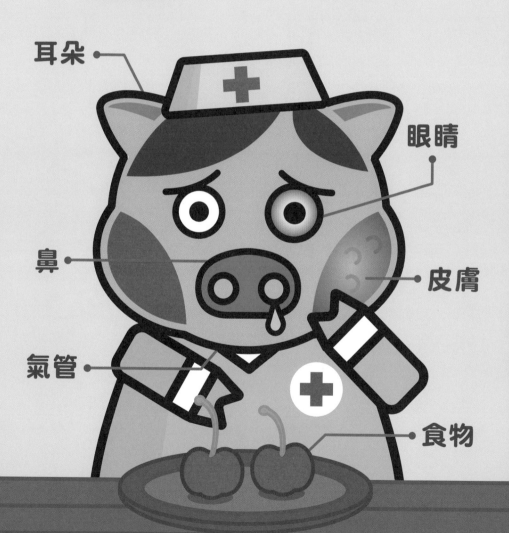

耳朵

眼睛

鼻

皮膚

氣管

食物

## 常見致敏原

### 花粉

### 塵蟎

### 動物皮毛

### 真菌

### 海鮮

### 堅果

醫生建議各種敏感症都要及早治療，否則延誤會令敏感症越趨嚴重，甚至引發其他疾病㗎！

*資料只供參考，如有任何疑問就要睇醫生喇！

# 點子網上書店
## www.ideapublication.com

含忍・死人・
的士佬

壹獄壹世界

援交妹自白

殘忍的偷戀

殘忍的雙戀

成為外星少女
的導遊

成為作家其實唔難

港L完

信姐急救

西環極落

公屋仔

十八歲留學日記

西營盤

毒舌的藝術

新聞女郎

黑色社會

香港人自作業

精神病人空白日記

婚姻介紹所

賺錢買維他奶

獨居的我，最近
發現家裡還有別人

五個小孩的校長
電影小說

點五步 電影小說

有得揀你揀唔揀

This is Lilian

This is Lilian too

This is Lilian, Free

空少傳奇易

爆炸頭的世界

設計 Secret

● 《天黑莫回頭》系列

獨家優惠　限量套裝
簡易步驟　24小時營業　24hr

當世四大天王：
黎郭劉張（上）

● 《診所低能奇觀》系列

● 《詭異日常事件》系列

圖書館借來的
魔法書

銀行小妹
甩轆日記

● 《倫敦金》系列

好地地一個人
搭飛機點知⋯⋯
HiHi 喇好地地
一個人點知⋯⋯

我的你的
紅的
TAXI
我的你的紅的

● 《Deep Web File》系列

向西聞記

無眠書

● 《絕》系列

殺戮天國

遺憾修正萬事屋

# 診所低能奇觀 5
## FUNNY + CLINIC

作者 ☻ 珍寶豬

出版總監 ◇ Jim Yu
責任編輯 ◇ Mia Chan

美術設計 ✐ Winny Kwok
插畫 ✐ 安祖娜 D.
製作 ✐ 點子出版

出版 ⌕ 點子出版
地址 ⌕ 荃灣海盛路11號 One MidTown 13樓 20室
查詢 ⌕ info@idea-publication.com

發行 ✎ 泛華發行代理有限公司
地址 ✎ 將軍澳工業邨駿昌街 7 號 2 樓
查詢 ✎ gccd@singtaonewscorp.com

出版日期 ◇ 2018 年 9 月 7 日　第二版
國際書碼 ◇ 978-988-78489-2-9
定價 ◇ $98

──────────────── Made in Hong Kong ────────────────